扬·马特尔作品

Yann Martel

标本师的魔幻剧本

[加拿大]
扬·马特尔 Yann Martel 著
郭国良 高淑贤 译

译林出版社

亨利的第二部小说，跟他的处女作一样，都是用笔名写就的，并且同样大获成功。它频频获奖，被翻译成数十种语言。亨利应邀参加世界各地的新书发布会和文学节，不计其数的学校和读书俱乐部推介此书，他经常看到人们在飞机和火车上读它，好莱坞准备把它拍成电影，如此等等，不一而足。

亨利呢，则继续过着普普通通、默默无闻的生活。作家鲜少成为公众人物。抛头露面的是他们的作品，这是顺理成章的。读者很容易认出之前读过的书的封面，可是，要说到咖啡馆里的那个人……是那个谁吗……是那个谁吗？唉，还真不好说呢——他不是留长发的吗？——哎呀，他走了。

要是有人认出他来，亨利倒也不介意。就他的经验来看，与读者见面倒是赏心乐事。毕竟，他们读了他的书，并且有了些感触，要不他们干吗过来找他呢？作家与读者会面，自有一种亲切感在里面：两个陌生人聚在一起，却是为了讨论一些身外之事、一种感动双方的信念，于是所有的藩篱轰然倒塌。在这里，没有谎话和夸大其词。他们低声耳语，倾身相谈，展露自我。有时候相互吐露心事。有一位读者告诉亨利，他是在狱中读的那部小说。还有一位读者说那本书助她与癌症搏斗。有一位父亲说，他的小孩早产并最终夭折时，全家都大声朗读此书。还有其他很多这种会面。每一次，都是他的小说中的某个元素——某句话，某个人物，某个事件，某个符号——帮助他们熬过人生危机。亨利碰到的很多读者都心情激动。每当遇到这种情况，他就感慨良多，也尽可能安慰他们。

更为典型的情形是，读者只是想表达他们的敬仰之情，时不时还会拿个小物件来表达心意。东西有买的，也有自己做的，可能是一帧照片、一枚书签，或者一本书。他们也许会有一两个问题想要问他，怯怯地，但又不敢烦他。不管他回答什么，他们都很感激，用双手把他签过名的书抱在胸前。胆大一点的（通常是青少年，但也不完全都是），有时候就会问能不能跟他合影留念。而亨利呢，则会站起身来，用胳膊搂着他们的肩膀，对着相机微笑。

读者离去时脸上神采奕奕，因为他们见到了他；而他呢，同样也神采奕奕，因为他也见到了他们。亨利之所以写小说，是因为他感觉自己心中有一个大洞需要填满，有个疑问需要解答，有一块画布需要泼墨挥洒。那种焦虑、好奇和喜悦的交织，便是艺术的源泉。然后他填满了大洞、解答了疑问、在画布上挥洒色彩，这一切都是为自己而做的，因为他必须这样做。当陌生人跑过来告诉他，这本书填补了他们心中的洞，解答了他们的疑虑，给他们的人生带来了色彩。那种来自陌生人的安慰，不管是个微笑、肩膀上的轻轻一拍，还是一句褒奖的话语，都是一种真正的慰藉。

至于名声，名声什么也不是。与爱、饥饿或是孤独不同，名声并不是一种强烈的情感，由内生发，并且隐匿无形。恰恰相反，名声其实是完全外在的，它来自他人的内心，存在于周围人对你的看法和态度之中。这样说来，名人跟同性恋、犹太人或少数族裔并没什么差别：你还是你自己，只是人们会把自己的一些想法投射到你身上而已。虽然小说已大获成功，但亨利基本上没什么变化。他还是从前的那个亨利，有着同样的优点和缺点。少数情况下，有些读者对他一味纠缠时，他便会使出用笔名写作的作家的杀手锏：不，我不是×××，我不过是碰巧也叫亨利罢了。

最后，图书个人推介终于尘埃落定，亨利重新回到了往昔的生活，又可以安安静静地在房间里一连坐上几个星期，甚至几个月了。他又写了一本书，这本书历时五年，他做了很多思考和研究，写了又改，改了又写。此书的命运对亨利接下来的生活起到了重要的作用，所以有必要在这里加以说明。

亨利的这本书包括两部分，他希望出版社以这样一种形式出版：同一本书，但包含两组不同的书页，背对背共享一个书脊，出版界管这种书叫翻转书。当你用大拇指划过一本翻转书，到中间的时候，书页便会颠倒过来。从头到尾翻过来，就可以看到它的双胞胎兄弟。**翻转书**因此而得名。

亨利之所以选择这种非同寻常的版式，是因为他非常关注如何用两种文学样式来最好地展示一个话题：它们书名相同，主题相同，关注点相同，只是文体不同而已。事实上，他是写了两本书：一本是小说，另一本是散文。他之所以这样双管齐下，是因为他觉得有必要运用一切可用的手段来阐释他所选定的主题。可问题在于，小说和非小说很少在同一本书中出版。传统观念认为，二者必须分开。我们对生活的知识及印象就是这样在书店和图书馆里被分类摆放的——不同的过道，不同的楼层——出版商也是这样准备图书的：这包是想象，那包是理智。但作家不是这么写作的。小说并非全无理智，散文也并非全无想象。人们也不是这样生活的。人们不会严格区分自己思想和行动中想象和理智的成分。事实与谎言并存——这些是超越类别的东西，书中如此，人生亦然。真正有用的区分应该是，哪些小说和非小说说的是事实，哪些讲的是虚言。

话虽如此，但亨利意识到，这种思维定式、这种习俗仍然是个问题。要是他的小说和散文分开付梓，其互补性就不会如此彰显，协同性也很有可能丧失。它们必须同时出版。但是哪个在前哪个在后呢？亨利觉得，把散文置于小说前面是绝对不行的。作为一种更接近全部生活体验的形式，小说应该优先于非小说。故事——个人故事、家庭故事、民族故事——才是将不同人类生存元素糅合成一个连贯整体的东西。我们是故事型动物。把这样一个能够充分表现我们存在的东西放在探究性推理这一有限行为之后是很不合宜的。但是，跟小说一样，严肃的非小说背后，是同样的事实和对人类以及何为人类的思考。所以，凭什么散文就非得放在后面呢？

先不说哪个重要，只要小说和散文在同一本书中出版，不管哪个在前，都会不可避免地使后者相形见绌。

它们的相似性要求二者必须一起出版，这样才能尊重彼此的权利。因此，亨利考虑良久之后，决定采用翻转书的形式。

他一旦下定决心，这种版式的其他优点便跃上心头。因为不管是过去还是现在，这本书的中心事件都相当悲伤——可以说是整个世界都天翻地覆了——所以，要是书永远有一半处于颠倒翻覆状态，这不是很合适吗？而且，要是书以翻转书的形式出版的话，读者就得选择先看哪部分。倾向于在理智中寻求帮助和安慰的读者可能就会先看散文，而那些更习惯于直接的感性方式的读者则可能会选择先看小说。不管怎样，那都是读者自己的选择。在处理棘手问题时，这种放权、这种选择的可能性，其实是蛮好的。最后，有一个细节，就是翻转书会有两个封面。亨利认为两个封面不仅增添了艺术美感，而且所谓翻转书，就是一本书有两扇前门，却没有出口。这种形式表明，书中讨论的问题没有终极答案，没有一个封底可以把它漂漂亮亮、恰到好处地封上。问题永远都不会终结。读者读到中间，因为文字颠倒了过来，他们就明白他/她并没有读懂，或者说**无法**完全读懂，而必须换一种方式重新读过。想到这些，亨利就觉得两本书应该在同一页结束，仅在颠倒的文字间稍许留白，要不就在小说和非小说之间的无人地带放一幅简单的插画。

让人困惑的是，**翻转书**这一概念也指一种新奇小玩意。就是有这么一种小书，每页上都有动作连续变化的图案。要是很快地翻过这些页面，就会产生一种动画的假象，比如说看到一匹马在疾驰、跳跃。到了后期，亨利花了好长时间考虑要是真的用翻转书这种形式的话，他的书该讲一个怎样的故事呢？故事应该是一个人昂着头自信满满地往前走，直到他绊了一下，跌跌撞撞，然后华丽地摔倒在地。

有一点需要提及，因为这对亨利遇到的困难，对他自己的磕磕绊绊、跌跌撞撞以及华丽摔倒都很重要。那就是他的翻转书主要关注的是20世纪德国纳粹及其众多心甘情愿的欧洲帮凶对数百万的犹太平民——男人、女人、小孩——的杀戮，关注的是那场被称为大屠杀（奇怪的是，这个词本身是从宗教术语变换而来的）的令人毛骨悚然、旷日持久的反犹运动。具体来说，亨利的翻转书讲的是人们呈现这些故事的方式。多年来，通过阅读和观看影片，亨利注意到关于大屠杀的**小说**少得惊人。对这一事件的解读几乎永远都是从历史、事实、纪录片、逸闻、证词或是客观如实的角度切入的。关于这一事件的原型记录也都是幸存者的回忆录，比如说普里莫·莱维的《这是不是个人》[1]；而战争——另一种人类大浩劫——却常常被搞得面目全非。战争永远都被琐碎平庸化，换句话说，被大事化小。现代战争已经夺命无数，蹂躏家国。而要想看看、听听或是读到一个能真正表现战争本质的东西，就必须在一大堆的战争惊悚剧、战争喜剧、战争言情剧、战争科幻小说、战争宣传中费力翻找，可是，就算这样，谁会把“琐碎化”和“战争”挂上钩呢？有哪个老兵团体抱怨过吗？没有，因为这恰恰就是我们谈论战争的方式，方式多样，目的繁杂。有了这么多种呈现方式，我们终于可以理解战争对我们意味着什么了。

大屠杀可就没那么多在艺术上自由发挥的空间了。这一令人发指的事件以单一方式呈现：历史现实主义。故事情节、日期、发生的地点、背景以及人物刻画全都一成不变。当然也有一些特例，亨利能想到的有美国艺术家阿特·斯皮格曼的《鼠族》[2]，大卫·格罗斯曼的《证之于：爱》[3]也另辟蹊径。但是，即便如此，大屠杀那种特别的引力还是会把读者

---

1 普里莫·莱维：意大利化学家和作家。《这是不是个人》是其关于奥斯维辛经历的回忆录。

2 阿特·斯皮格曼：美国卡通艺术家、编辑。普利策奖获奖绘本小说《鼠族》再现了阿特父母从纳粹大屠杀中逃生的真实经历。

3 大卫·格罗斯曼：以色列作家。《证之于：爱》描述了大屠杀幸存者的下一代人的“非正常生活”。

拉回到原初的、具体的历史事实中。如果故事发轫于别处，并且已经是多年之后了，读者便会不可避免地回到1943年，跨过国界来到波兰，就像马丁·阿米斯的小说《时间箭》[1]的主人公一样。于是亨利不禁纳闷：为什么要对想象力这么满腹狐疑呢？为什么这么抗拒巧妙的隐喻呢？艺术作品之所以管用，不是因为它是真实存在的，而是因为它是真真切切的。永远都要借助于事实来表现大屠杀，这难道就一点儿不危险吗？在那些讲述历史事件的文本中，在那些至关重要的日记、回忆录和史志中，总应该有那么一点允许发挥想象力的空间吧？其他历史事件，包括骇人听闻的事件，都已经由艺术家处理过了，而且利及大众。举三个广为人知的透辟例证吧：奥威尔的《动物农场》，加缪的《鼠疫》，还有毕加索的《格尔尼卡》。在这三个例子中，每位艺术家都选取了一个浩大的悲剧，找到其核心，然后用一种非写实的、言简意赅的形式加以表现。难以驾驭的笨重历史被压缩简化，打包装进了一个行李箱。艺术就是那个行李箱，轻盈、便携、必备——难道这种处理方式就不适用于，又或者说，没必要用在欧洲犹太人最大的悲剧上面吗？

---

1 马丁·阿米斯：英国作家，其小说《时间箭》讲述了一名纳粹军医的故事。

为了论证这种解读大屠杀的补充方式，亨利辛辛苦苦钻研了五年时间，写了这部小说和散文。他完工以后，这部双料稿子就在各个出版商手中流转。也就是这个时候，他应邀去赴一场午宴。你还记得翻转书中那个磕磕绊绊、跌跌撞撞，最后摔倒的男人吧。就为了这顿午宴，亨利可是飞越了大西洋啊。那会儿正是伦敦的春天，正值伦敦书展。亨利的四个编辑邀请了一位历史学家和一个书商。亨利觉得这是个好兆头，代表了理论界和商业界的双重认可。亨利可是一点也没料到等待他的是什么。饭店很高级，装修风格极富艺术气息。他们的餐桌很长，有着优雅的雕刻弧度，看起来像一只眼睛。有一侧还摆着同样雕刻风格的长凳。“要不你坐这儿吧。”一个编辑指着长凳的中间对他说。是呀，亨利想道，刚刚写成新书的作家不坐在这儿还能坐在哪儿呢，就像新郎新娘要坐主位一样。他的两侧各坐了一个编辑。他们对面四张椅子上，历史学家和书商两侧，各坐了一个编辑。虽说座位安排很正式，但还算舒适。服务员拿了菜单过来，还介绍了当天的特色菜。亨利兴致勃勃，他以为自己是来参加婚宴的呢。

其实，这是个行刑队。

一般说来，编辑会极尽奉承地诱使作家认清自己书中的所有问题。每一句褒奖背后都藏匿着批评。这种方式老练圆滑，意在既改进作品本身，又不会摧垮作家的意气。于是，点完菜，闲聊了一小会儿之后，一场貌似充满溢美之词，实则暗藏专横意见的声讨会便拉开了序幕，就像伯南森林向邓斯纳恩城堡移动，而亨利恰是找不到北的麦克白[1]。他就是听不进他们在讲些什么。他哈哈一笑，挥手就把他们愈发尖刻的问题抛至一边。他对他们说："你们的反应完全就是读者将来的反应嘛——有很多疑问、评论，还有反对之声。而事情本来就该如此嘛。书就是言论的一部分。我这本书的核心议题，就是一件极其令人难受的事件，它只见容于对话之中。所以，我们来谈谈吧！"

最后，揪着他逼问的是那个镇守伦敦的美国书商。他说话带鼻音，而且直言不讳。就是他清晰明白并颇为粗鲁地把自己的观点强加给了亨利。"散文太乏味啦。"他说道。亨利猜想，他是在讲其在大洋两岸的零售经历吧，不过也有可能是在谈他品读散文时的经验吧。"尤其是你所论及的是大屠杀这一神圣不可碰触的话题。每过个一年半载，就会出一本关于大屠杀的书，扣动人们的心弦，"——这位书商就是这

1 《麦克白》中提到除非伯南森林移到了邓斯纳恩，不然没人能打败麦克白。

么说的——“并且大获成功。可是每出一本这样的书，就有成箱成箱的其他同类书化成纸浆。这个再加上你的写作方式——我这里说的并不仅仅是翻转书的问题——还有你的这个运用想象力去解读大屠杀的想法——大屠杀西部小说、大屠杀科幻小说、大屠杀牙买加雪橇队喜剧——我的意思是，你这是想干吗呀？而且你还想弄个**翻转书**？一般说来，翻转书也就是个小伎俩，跟笑话书一个档次。而且，我也说不好，但你的书给我的感觉就是它会啪嗒一声，变成个失败品。噼啪—啪嗒，噼啪—啪嗒，噼啪—啪嗒。”第一道菜端了上来，他打住了话头。盘中点缀着少得可怜的精致美味。

“你的意思我明白，”亨利眨巴了几下眼睛，感觉像吞了一条大金鱼似的，“但我们不能老是一成不变呀。一本内容和形式都很新颖的**严肃**之作，难道不会引人注目吗？难道这不是个卖点吗？”

“你觉得你这本书应该摆在哪里？”书商一边问，一边张开嘴巴嚼着食物，“小说区还是非小说区？”

“最好两边都有。”亨利答道。

“不可能的。太麻烦了。你知道一家书店一天得处理多少库存吗？要是每本书都得把封面摆对，我们就不用干其他活了。还有就是你准备把条形码贴在哪儿呀？条形码都是贴在封底的，你的一本书要是有两个封面，那条形码该贴在哪儿？”

“我不知道，”亨利回答道，“贴在书脊上呗。”

“书脊太窄了。”

“贴在内页上。”

“收银员可不会把书打开，到处找条形码。而且万一书是塑封的呢？”

“那就弄个小书腰，贴在那上面。”

“那东西一扯就烂，而且容易掉。这样你就根本没条形码了，简直是噩梦啊。”

“那我就不知道了。我写了一本关于大屠杀的书，根本没考虑该死的条形码该贴在哪儿。”

“我只是想帮你把书卖出去而已。”书商说，骨碌碌地翻着白眼。

“我觉得杰夫的意思是，”他的一个编辑插嘴道，意欲替他解围，“不管在理念上还是实际操作中，这本书都还有些问题需要解决。”“这也是为你好啊。”她强调道。

亨利扯下一片面包，愤愤然甩到了橄榄酱上。这橄榄可是从西西里岛一个偏僻角落的一片橄榄林中的六棵树上专门采摘过来的。他还注意到有芦笋。服务员大讲特讲橄榄酱，烹饪如何如何复杂精细，原料如何如何精致考究，没完没了。听他那么说，仿佛舔一口，就跟拿了个博士学位一样爽。亨利叉了一点芦笋，在略带粉色的酱汁里面蘸了蘸，一口塞进了嘴里。他心不在焉，除了绿色糊状物，他什么也尝不出来。

“我们换个角度来看。”历史学家建议道。他面相友善，声音舒缓。他侧着头，透过镜片盯着亨利。“你的书讲的是什么？”他问道。

这一问让亨利犯难了。这问题虽说显而易见，却不太好回答。毕竟，人们之所以写书，无非就是为了对简短的问题作出一个完整的答复。而且那书商已经让他痛苦不堪了。亨利深吸了一口气，定了定神。他想尽力给历史学家一个满意的答案，可是他的回答还是断断续续、结结巴巴的。“我的书讲的是对大屠杀的呈现。这事已经过去了，留下来的，只有关于它的种种故事。我的书讲的是新的讲故事的方式。面对一个历史事件，我们不仅仅需要为其见证，也就是说，告诉他人到底发生了什么，告慰亡灵。我们还得阐释，还得总结。只有这样，**当下人们**的需求，那些亡灵的子孙后代的需求，才能得到满足。我们不仅要了解历史，同时还要理解艺术。故事能引起认同，联合大众，呈现意义。就像噪声有了意义，就变成了音乐，颜色有了意义，就变成了绘画，人生有了意义，就变成了故事。”

“没错，没错，可能是吧，”历史学家把亨利的话撂在一边，较之前更严肃地盯着他，“可是你的书讲的到底是**什么**？”

亨利心里一紧张，脑子里便乱哄哄的了。他另辟蹊径，开始解释翻转书背后的理念。“小说和非小说之间的界限并没有那么泾渭分明。小说也许不是真实发生的，却是真真切切的。要获得情感上、心理上的真切，光靠那么点事实是不够的。而至于非小说，至于历史，这些也许是真实发生的，但其事实性飘忽不定、难以捉摸，因为没有固定意义，很难达到。如果历史没有变成故事，大家就会以为它已经消亡了，当然历史学家除外。而艺术便是历史的行李箱，里面装着种种要素。艺术是历史的救生衣。艺术是种子，是记忆，是疫苗。”亨利感觉到历史学家又要打断他了，于是顾不得连贯不连贯，匆匆往下说，“如果把大屠杀当作一棵树的话，其历史的根须茂密深长，虚构的果实却幼小薄弱，寥寥无几。但种子是存在于果实之中的！人们采摘的也是果实。要是没有果实的话，这棵树终将被遗忘。我们每个人都是一本翻转书。”亨利继续说着，虽说跟他前面讲的也没有逻辑联系，“我们每个人都是事实和虚构的混合体，故事和真实身体的交织。难道不是这样吗？”

“这些我都懂，”历史学家说道，声音里透着一丝不耐烦，“但还是那个问题，**你的书讲的到底是什么？**”

第三次被问到这个问题，亨利没有回应。也许他不知道自己的书到底讲的是什么。也许问题就在这里。他呼吸沉重，叹了口气，胸腔一起一伏的。他满脸通红，盯着白色桌布，一句话也说不出来。

一个编辑打破了尴尬的沉默。“戴夫说的没错，”他说，“不管是小说还是散文，焦点都需要再明确一点。你的这本书非常震慑人心，非常了不起，这点我们都同意，不过就目前的情况来看，小说缺乏动力，散文缺乏统一性。”

服务员又端来一道菜，他可是亨利这顿灾难性午餐的救星。每上一道新菜，就可以有个借口转换一下话题，强颜欢笑，严肃地吃上几口，直到另一个编辑，或是书商，或是历史学家受到职业精神驱使——也说不定是个人感情呢——再次拿起来复枪，瞄准亨利射击。整顿饭就是这样，从过分精致的食物到把他的书大卸八块，批得体无完肤，就这样在二者之间来回跌撞蹒跚。亨利又是辩驳又是争吵，他们又是安慰又是打击，来来回回，前前后后，直到最后菜都上齐吃完了，该说的也都说完了。表面上说得特别好听，其实说白了就是：小说很无聊，情节很单薄，人物不可信，其命运寡淡无趣，没有意义；散文考虑欠周，缺乏实质，论证不足，语言粗鄙。翻转书这点子很烦人，而且容易让人分心，简直就是商业自杀。整本书是彻头彻尾的失败之作，万万不可出版。

午餐终于结束，亨利总算解放了，他神情恍惚地走了出来。全身好像只有双腿还在运转，那双腿把他带往未知的方向。几分钟后，他来到了一座公园。亨利是加拿大人，在他们那里，公园一般都是树木的避难所，但伦敦的这座公园可不一样，这让亨利很是惊奇。可爱的绿地一望无际，俨然是绿地的交响乐。间或有些树木，但枝丫都很高，好像特意不想阻挡无拘无束的绿草。公园中间，一个圆形水池波光粼粼。天气温暖，阳光明媚，人们成群结队地来到户外。走在公园里的时候，亨利意识到了刚刚发生在自己身上的事。五年的辛劳顿时湮没无闻。本来因为震惊，脑子都休眠了，现在又噼里啪啦恢复了生机。**我本应该这么说……我本应该那么说……他妈的他到底算老几……？他竟敢……**就这样，一场狂喊大战在脑中上演，一场愤怒的幻想全面爆发。亨利想给身在加拿大的妻子萨拉打个电话，但她在上班，手机关机。他在语音信箱里留了一条东拉西扯、伤心欲绝的信息。

有那么一刻，他身上紧绷的肌肉抽搐了一下，体内沸腾的情绪也开始聚集合一：他双手握拳，抬起一只脚，使劲跺了跺地面，同时喉咙里发出一阵压抑已久的声音。他并非刻意计划，这一切发生得很自然，他的受伤、愤怒和挫败感猛然爆发。当时，他附近有棵树，树周围的泥土很软，也没什么植被，他这一跺脚，动静可就大了（起码对他自己来说是这样），躺在附近的一对情侣因此还朝他这个方向看了看。亨利站在那里，一脸惊愕。大地颤动了，他能感觉到震后余韵。大地都听到他了，他这么想着。他抬头看了看那棵树。树很大，就像一条船帆满鼓的帆船，像一座所有藏品尽数陈列的博物馆，又像一座上千信徒在赞美真主的清真寺。他盯着那棵树看了几分钟。之前，从没有哪棵树能如此令他舒神安心。他一边欣赏树，一边感觉到自己所有的愤怒与悲伤全都慢慢流走了。

亨利看了看周围的人们。有独自一个人的，有成双成对的，有带着孩子全家出动的，还有团体出行的；各个人种，各个民族；看书的，睡觉的，聊天的，慢跑的，嬉戏的，遛狗的——各不相同，却都和平相处。公园里平和的明媚午后。在这里谈大屠杀有什么必要吗？要是这群平和嬉戏的人中有犹太人，他们会想听他谈种族灭绝，毁了这么美好的一天吗？有谁会希望一个陌生人跑过去跟他们耳语“希特勒奥斯维辛六百万火光灵魂我的上帝我的上帝我的上帝”？而且，拜托，亨利自己都不是犹太人，干吗不管好自己的事呢？背景俱全，但显然全都不对。都这个年代了，干吗还要写一本关于大屠杀的小说？这问题已经尘埃落定了。普里莫·莱维，安妮·弗兰克[1]，还有其他人已经干得很不错了，而且这样就行了。“放手吧，放手吧，放手吧。”亨利喃喃自语道。一个穿着凉鞋的男子从旁走过，噼啪—啪嗒，噼啪—啪嗒，噼啪—啪嗒，就好像书商那诅咒式的结论。“放手吧，放手吧，放手吧。”亨利喃喃自语道。

约莫过了一个小时，他来到了公园边缘。他从一块牌子上看到这里是海德公园。讽刺的是，他进公园的时候就好像是斯蒂文森笔下的海德先生，因愤怒、任性、怨恨而变得丑陋畸形，但离开的时候却又感觉像是善良的杰基尔博士[2]了。

就在那时，亨利意识到他应该怎样回答历史学家了。他的翻转书讲的是剜掉自己的灵魂，并且舌头也随之而去。其实每一本关于大屠杀的书讲的都是失语症，不是吗？亨利想

1 安妮·弗兰克：《安妮日记》的作者，她的日记是第二次世界大战期间纳粹消灭犹太人的最佳见证。

2 杰基尔博士：英国作家罗伯特·路易斯·斯蒂文森的作品《化身博士》中的人物。杰基尔博士发明了一种药水，喝下后可化身为邪恶的海德先生四处作恶，他终日在善恶边缘徘徊。

到一个统计数据：不到百分之二的大屠杀幸存者愿意书写或是为自己的悲惨经历作证。于是便有了那个惯常的做法：那些选择说点什么的人，也只能精确地描述事实性的东西，就好像中风患者重新学说话时，只能从那些最简洁清晰的音节开始。就亨利来说，他现在已加入了那些因大屠杀而闭上了嘴的大多数人。他的翻转书讲的就是他是如何失声的。

就这样，离开海德公园时，亨利便不再是个作家了。他不再写作，没了那种欲望。这算是作家的瓶颈期吗？不是这样的，他后来跟萨拉据理力争过，因为其实他是写了一本书的——事实上是两本。确切地说，这算是作家封笔。他就是放弃写作了。但假如不写作，他至少还得生活下去。伦敦公园的一次散步和邂逅一棵美丽的树至少教会他有用的一课：如果你跌入不幸，请记住人生在世已经时日无多，至少让剩余的每一天都过得尽量精彩吧。

亨利回到加拿大，说服萨拉他们需要休整一下，换个环境。她没挡得住冒险的诱惑。很快，她便辞了工作，办好了手续，收拾东西搬到国外去了。他们在某个赫赫有名的世界性大都市安顿了下来。这个城市本就自成体系，充满了各色人等，有人在这里找到了自我，也有人在这里迷失了自己。

或许是纽约，或许是巴黎，或许是柏林。亨利和萨拉之所以搬到这里，是因为他们想要感受一下它的脉搏。萨拉是个护士，她申请了工作签证，在一个戒瘾诊所找了份工作。亨利呢，因为是外籍居民，几乎成了个毫无权利的幽灵。他不再写作了，时间便空了出来，他考虑着拿这块时间干点什么。

他参加了音乐班，这让他想起了青少年时期的一些演奏经历（不过，遗憾的是，没想起多少技巧）。他最初尝试过低音管，但双簧片和疯狂的指法令他却步；他重新选择了单簧管，其表达从狂欢作乐到缓慢庄严之间各种情绪的能力，年少时他从未体会过。他找了一位很不错的老师，一位年长的绅士，耐心、随性，而且有趣。他告诉亨利说，演奏好音乐真正需要的天资只有一个，那就是欢乐。有一次，亨利正在苦练莫扎特的单簧管协奏曲，老师打断他说："轻快感在哪儿呢？你把莫扎特变成了一头笨重的黑色大公牛，你正在用它犁地呢。"说罢，他拿起自己的单簧管，吹了一段音乐，如此洪亮、清晰、美妙，阵阵音符就像狂风骤雨，久久萦绕，亨利惊得目瞪口呆。那感觉就好像马克·夏加尔[1]画作的音乐版，在一个没有引力的世界中，山羊、新郎、新娘，还有骏马都在一个

1 马克·夏加尔：法国超现实主义画家，表现主义先驱。他出生于俄国的犹太人家庭，后来旅居巴黎。

色彩斑斓的天空中旋转。老师停止演奏后，房间里一下子空荡起来，差点没把亨利吸到前方去。亨利看了看自己的单簧管。肯定是因为看到了亨利的表情，老师说道："别担心，不过就是个练习的问题。过不了多久，你也能吹出那样的音乐的。"于是，亨利又回归到了自己的黑公牛调调上，沉重前行。老师则闭着眼睛，保持微笑，还低声说道："不错，不错。"就好像亨利的公牛飞了起来。

同样，利用他埋在心底的青少年知识，亨利报名参加了西班牙语课程。他的母语是法语，但有幸身为加拿大外交官的儿子在世界各地生活过，所以他的英语和德语也很流利。在那少年求学时代，只有西班牙语没有完全深入他的脑海。小时候，他在哥斯达黎加住过三年，但上的却是英语学校。在圣约瑟的大街上，他只学得了西班牙语的皮毛——它的颜色，却不懂支撑这个颜色的画布。结果就是，他的发音和习语还不错，但语法就不行了。他打算跟一个爱幻想的西班牙历史学博士学习，以弥补这一缺憾。

亨利决定用英语写作，这在他的祖国还是引起了一些非议的。他解释说，这**并非偶然**[1]。假如你读的学校讲英语和

---

1 原文为法语。

德语，那么你便学会用英语和德语思维，于是自然而然地，你便会用英语和德语写作了。他的处女作——很私人的东西，从没想过要公开发表——就是用德语写的，他这样告诉一脸困惑的记者。德语那清脆的发音、清晰的语音拼写、密码似的语法以及建筑般的句法结构带给他无穷无尽的愉悦。他解释说，后来他野心大了，意识到作为一个加拿大作家却用德语写作实在是有点疯狂，于是他便转而使用英语。殖民主义对于被殖民者来说确实是个祸害，但对于语言来说却是一种福分。不管什么新词怪词，英语都照单全收，还兴致勃勃地从其他语言中“抢劫”词汇，搞得词汇库像博物馆一样丰富满溢，对此还能保持淡定，若无其事。英语对拼写满不在乎，对语法也随心所欲——这样一来，亨利对这个语言的色彩和广度便喜爱有加了。就他个人的全部经历来说，英语是爵士乐，德语是古典乐，法语是教会音乐，而西班牙语是街头的平民音乐。这也就是说，在他的心头捅一刀，流出来的是法语；把他的脑袋切开来，盘旋环绕的是英语和德语；触碰一下他的双手，感觉到的会是西班牙语。不过，这些都是顺便说说的。

亨利还加入了一个颇受敬重的业余戏剧表演团体。他们的导演很有激情，在他的领导下，各位成员认真对待每项活动。对亨利来说，和他的业余演员伙伴们一起排练的那些夜晚是他对这个城市最美好的记忆了。他们把自己的生活留在门外[1]，尽一切可能成为舞台上的某个人。他们慢慢给品特、易卜生、皮兰德娄和索因卡的作品带来了生命。演员们都很敬业，他们之间的兄弟之情也很宝贵。虽说体验到的情感起伏都是代人而发，却强烈有力，这也体现了伟大艺术的意义。每演一部剧，亨利就觉得自己多了一种生活，当然随之而来的还有那种生活所带来的睿智和荒唐。

搬家之后，有那么几次亨利大半夜醒来，蹑手蹑脚地走出卧室，打开电脑，把自己的新书调出来，然后开始和它较劲。他把散文砍了一半，把小说中用得不好的形容词和副词全都揪了出来，还一遍一遍地重新琢磨场景和句子。但不管他怎么尝试，结果还是那个满是缺点的书，不管是小说还是散文部分。过了几个月，修订改正、重新开始的欲望（而且本来改来改去也没什么用）消失殆尽，他甚至都不回经纪人和编辑的邮件了。萨拉温柔地提醒说，可能他有点抑郁了吧。她鼓励他让自己忙碌起来。虽说这样行文有点跳跃——而且完全是另外一件事——但后来萨拉适时怀孕，给亨利生了

1 原文为德语。

个男孩，名叫西奥，这可是他这辈子头一个孩子啊。亨利看着他的儿子，脸上带着从没有过的震惊。他决定以后儿子就是他的笔，靠着那股想要做一个疼爱他的好爸爸的力量，他会跟儿子一起谱写一段美丽的人生故事。如果西奥是他这辈子唯一再挥舞的一支笔，那此生也算了无遗憾了。

可是，就像他的音乐老师指出的那样，艺术植根于欢乐。每次排练完一出戏，练习完一首曲子，参观完一座博物馆，或是读完一本好书，亨利都没法儿不为过去的创作乐趣不再而伤神。

为了让自己忙碌一点，亨利参加了最后一项挑战，这项活动占了他白天大部分时间。而且从传统来看，比其他所有活动都严肃靠谱多了，那就是在一家咖啡店工作。事实上，那是一家巧克力店，他一开始注意到此地就是因为这个。不过店里也供应咖啡，而且是很不错的咖啡。但“巧克力之道”主要还是一家平价可可供应店，生产及零售各式巧克力，有白巧克力、牛奶巧克力，以及黑巧克力，纯度不同，口味各异；有块状的，盒装的，还有热巧克力粉，再加上烘焙用的可可粉和巧克力碎片。他们的招牌产品来自多米尼加共和国、秘鲁、巴拉圭、哥斯达黎加和巴拿马的合作农场，也在越来越多的健康食品店和超市销售。公司生意虽不大，发展势头却不小，而这家店是总部，一半是一个小型巧克力超市，一半是热巧克力店。这地方感觉很不错，锡质天花板上刻有浮雕，有旋转式艺术品展台，背景音乐（通常都是拉美音乐）也很不错，而且坐北朝南，因此经常是阳光满屋。因为这里离亨利和萨拉住的地方不算远，亨利时常来这儿，一边看报一边品味他的热巧克力。

一天，他看见这家店窗上贴了个招聘的广告，一时心血来潮，便咨询了一下。亨利并不需要工作，事实上，他都没法儿合法工作，但他喜欢“巧克力之道”的店员，而且欣赏他们的理念。他应聘了，他们都很有兴趣，答应以分红的形式给他付酬。瞧瞧，亨利摇身一变，成了一家巧克力公司的一个小股东，同时兼任服务员及杂工。萨拉觉得既好玩又困惑，她想，亨利这是在搞调研吧。很快，亨利为陌生人服务时的不自在感全然消失，而且说实话，他还蛮喜欢当服务员的。这既是一种适当的锻炼，又经常能给他一个短暂观察各种顾客行为与状态的机会，不管他们是独自一人、成双结对、一大家子还是一群朋友一起来。他在“巧克力之道”过得很开心。

为了圆满的生活，他和萨拉还在一家动物收养所收养了一只小狗和一只小猫。狗和猫都不是什么纯种，只是眼神明亮，充满活力罢了。他们管小狗叫作伊拉兹马斯，管小猫叫门德尔松[1]。亨利很好奇他们会怎么相处。伊拉兹马斯吵闹粗暴，很难控制，但很好训练，经常跟亨利一起出去溜达。而门德尔松这只可爱的小黑猫呢，就比较隐世遁形了，有生人来，她就会钻到沙发底下。[2]

这就是亨利和萨拉在那个大城市为自己构建的生活。他们本来是想在那里住上个一年半载，相当于放个长假，但一年之后，他们都没有要搬走的意思，第二年仍然如此，到后来，他们干脆想都不想什么时候离开了。

他们住在那座城市的时候，亨利前作家的身份并没有完全被遗忘。不时会有信件过来，轻轻地叩开他的意识之门。信件传输路线极其曲折迂回，一般都是写信者发信几个月之后，他才会收到。比如说，波兰的读者会通过他在克拉科夫的出版商写信给他。过一段时间，他在波兰的出版商则会把信转寄给他在加拿大的文学经纪人，再由加拿大经纪人寄给他。又或是，韩国读者会把信寄给他的英国出版商，由他们再次寄给他，诸如此类。

1 门德尔松：德国犹太裔作曲家，德国浪漫乐派代表性人物之一。
2 根据原文，涉及动物的代词分别译作它、他、她和它们、他们。

信件来自英国、加拿大、美国，还有其他英国前殖民地，但同时也有横跨欧洲和亚洲的。来信的读者年龄各异，身份地位也都不同，英语水平有非常地道、自信满满的，也有拙劣不堪、程度很低的。有些来信读者肯定有种把信息放到漂流瓶里抛入大洋的感觉。但他们的努力没有付诸东流。出版界的热情之风、关心之流总是会平平稳稳地把信带到亨利身边。

准确地说，有些信件应该说是包裹。可能包含某个高中老师的介绍信，还有她的学生认认真真写的一系列关于其小说的文章，也可能是一张照片，或者一篇文章，发信人觉得亨利可能会有兴趣。但更多情况下，都是普通的书信，有打印的，也有手写的。一般来说，那些电脑上敲出来的都制作精良，话题也宽泛一点，有时候仿佛小散文；而那些手写的一般就比较短，个人色彩也比较浓。亨利更喜欢后者。他喜欢每位作者不同的个人手写风格，有些看起来像机器人写出来的似的，异常清晰，有些就弯弯曲曲，七扭八拐，几乎看不明白。二十六个制式字母，用一只活生生的手写出来，竟是如此纷繁多姿，让亨利惊讶不已。是不是格特鲁德·斯泰因[1]曾经说

1 格特鲁德·斯泰因：美国作家、诗人、剧作家和理论家，犹太人。

过字母打乱顺序，就变成了语言？手写信件中，页面布局也很好玩，当然偶尔会让人担心，比如说一张纸上，有的地方文字稀稀拉拉，有的地方又都挤在一起，就好像在土质不同的地方种植物。一般都是到了页面的底端，没地方了，作者却发现还有重点没说，于是那些句子便会挤到纸的侧面，就好像一个小花盆里植物的根须滋生出来。经常还会伴有涂鸦绘画，艺术换艺术，他的文字换他们的图画。许多信件都包含问题，读者会有一个、两个或三个问题。

亨利每封信都回。他有一台打印机，可以打出一种折叠的、请帖大小的卡片。卡片正面色彩斑斓，上面的图案都是他的作品在各国出版时的封面设计。这种卡片有两个好处：一是很个性化，读者可能会喜欢；二是它限制亨利最多可以写三小页，里面两页加背面。这个长度刚刚好：读者不会觉得太短而不高兴，他也不会因为太长而没耐性。

他干吗要回那么多信呢？因为虽说他的小说属于他的过去，但对每一位读者来说，都是一种全新的体验，而这种新鲜感会透过书信传来。人家满怀好意、充满激情，自己却默不作声，这是很无礼的，或者说得再严重一点，是有点忘恩负义的。可以说，亨利每周抽出些零散时间坐下来写回信，背后支撑他这一习惯的其实是感激之情。不管在哪儿，无论是在咖啡馆、在“巧克力之道”或是在排练休息空当，他都能毫不费力地回五封信左右。

除非读者年龄特别特别小，其他涉及他个人私事的问题他一概不予理会，但他很愿意探讨他的小说。不管是问题还是评论，经常都是大同小异。很快，亨利就总结出了一套标准回答，再根据每封信调整语气和角度，做些简单修改即可。亨利的小说讲的是野生动物，所以很多信都涉及了动物的问题，包括真正的动物和比喻性动物。读者觉得他接受过动物学训练，或者至少一生都对自然世界充满激情。他回答说，跟所有这个星球上敏感的栖居者一样，他很喜欢大自然，但对动物并没有特别的感情，他对它们并没有旷日持久的热爱，因此这一点不能称为他的性格特征。他还解释说，小说中之所以用动物，只是技巧问题而非情感问题。赤裸裸地站在自己的族人面前，他只是一个凡人，因此也许——很有可能——肯定会说谎。但穿上皮毛，插上羽毛，他就成了个巫师，说的全都是事实中的事实。我们对自己的同类冷嘲热讽，对动物却不会这样，尤其是野生动物。虽说我们可能没法儿阻止它们的栖居地遭到破坏，但我们却可以使它们免受过多的嘲讽。

在他的答复中，亨利往往用同一个很好玩的例子：我的故事要是讲的是一位来自巴伐利亚州[1]或是萨斯卡彻温省[2]的牙医，我就得考虑到读者对这两个地方的牙医以及整体居民的印象，而正是这些先入为主的概念和成见会把人们和故事锁在一个个固定的框架里。但是，如果我讲的是一头来自巴伐利亚州或是萨斯卡彻温省的**犀牛**牙医的话，就完全是另一回事了。读者会更加专注，因为他或她对犀牛牙医并没有任何概念——不管是来自巴伐利亚州还是随便哪里。读者的质疑开始打消，就像舞台上幕布开启一样。这样，故事就可以较容易地展开了。没有什么比无法想象的东西更能取信于人了。

信件通过邮局来到他手上，他的回复再通过邮局传出去。亨利的背包里很少不放他的“作家箱”：卡片、邮票、信封，还有一沓读者来信。

一个冬日，亨利收到一个大信封。他看了看回信地址，发现就在本市，很近。不过这封信同样路线迂回，是通过他的英国出版商送达的。很显然，这封信是一位读者写的，而且要说的还不少。亨利发现这封信很厚，不禁叹了口气，然

1 巴伐利亚州：德国面积最大的联邦州。
2 萨斯卡彻温省：加拿大一省份。

后把它放到了他的那堆读者来信里。

一周后，他在家打开了信封。说是信，其实主要是古斯塔夫·福楼拜的短篇小说《圣朱利安传奇》[1]的复印件。亨利从来没读过这个短篇，福楼拜的作品他只看过《包法利夫人》。他大惑不解，随意翻了翻复印件。故事很长，有些地方还用亮黄色标了出来。他放下复印件，想到为了一个陌生人，还得下这么大功夫，就觉得有点烦。要不，这位读者的来信就忽略不管了？但就在冲咖啡的时候，他改变了主意。有个问题在折磨他：读者为什么要寄个19世纪法国作家的短篇故事给他？他走到书房去查hospitator这个词，在《牛津英语大词典》上找到了，就着放大镜，小小的印刷字凸了起来：热情招待或是接受招待的人。好吧，如果邀请了他的话……他坐在餐桌旁边，拿起复印件又开始读了起来。开头是这样的：

> 小山坡上的树林里，有一座城堡，朱利安的父母就居住在城堡里面。
>
> 城堡的四个角落里有四座高塔，尖顶上覆盖着鳞状铅皮，墙壁的地基都在突出的石头上，那些石头陡然向

---

1 书名原文为 *The Legend of saint Julian Hospitator*。

下，直通护城河的底部。

院子里的石头都非常干净，跟教堂用来铺路的石头一样。龙状的滴水嘴头朝下，向水池里面吐着水花……

城堡里……卧室里挂着帷幔，可以御寒……衣柜里塞满了亚麻布衣服……地窖里堆满了一桶桶酒……

一个以中世纪为背景的寓言。亨利拿掉回形针，开始看第二页。堡主暨主人出场了：

他总是身披一件狐皮斗篷，阔步走过城堡，为家臣裁决是非……

还有他母亲，祈祷得到了回应：

……皮肤白皙……祷告多次之后，她终于生了个儿子。……太开心了……三天四夜大摆筵席……

他继续读：

一天晚上，她醒过来，看到一线月光，还有一个人朦胧的身影……是个隐士……不见他张嘴，只听他说道：

“哦，孩子的母亲，你该多高兴啊，因为你的儿子定会成为一个圣人！”

那页的下面，父亲也听到了一个预言：

……便门外……突然，一个乞丐出现在他面前……是个吉卜赛人……结结巴巴，语无伦次地说道：

“哦！哦！你儿子！……鲜血遍地！……荣耀显赫！……极乐长存！帝王之家。”

儿子，朱利安：

……看起来就像圣婴耶稣一样。长牙的时候也没哭一声。

……他母亲教他唱歌。为了将他培养成一个勇敢的人，父亲则把他放到马背上……

一位学识渊博的老僧侣教他《圣经》……

……堡主设宴款待昔日军中伙伴……缅怀过去战争经历……受伤惨重……朱利安听他们说着，大笑起来……他父亲深信，有一天他会成为一个征服者。但是……祈祷钟声过后……那些贫民……又会非常谦逊地倾囊施舍……他母亲是真以为他有一天会成为一个大主教呢。

……在小教堂，不管仪式有多久……总是双膝跪在祈祷椅上……双手合十祈祷。

接着，亨利看到了一段关于朱利安小时候的文字，用黄色整整齐齐、很精确地标了出来，暗示读者寄这故事给他的意图：

有一天，做弥撒的时候，他抬头看见一只小白鼠从墙边的一个洞里爬了出来。它急急忙忙一溜小跑，跑到圣坛的第一级台阶上，然后又下来，来来回回两三次，接着按原路逃走了。接下来的那个星期天，想着可能会再见到那只小白鼠，他就心绪不宁。小白鼠果真又出现了，接着每个星期天，他都会等着小白鼠，最终他被小白鼠搞得烦透了，产生了仇恨情绪，决心除掉它。

他关上门，在台阶上撒上蛋糕屑，手里拿了一根棍子，站在洞前一动不动。

过了很久，粉色的小鼻子冒了出来，接着整个身躯都出来了。他用棍子轻轻敲了敲那只小白鼠，看到小尸体躺在那里一动不动，他都惊呆了。有一滴血滴在了石头地板上，他用袖子快速把血擦掉，把死鼠扔到屋外，跟谁也没提这事。

下面一页有一段引起了他的注意：

一天早上，他正沿着护城墙往回走，看到一只肥鸽子正在城垛顶端晒太阳，便停下来观察。他站的那个地方，城墙有个缺口，碎石块随手可取。他振臂一挥，那只鸽子便被石块击中，很快掉进护城河里去了。

他快速下去，到处搜寻，还被灌木丛刮伤了，那样子比小狗还亢奋。

鸽子翅膀断了，挂在水蜡树的枝条上，扑腾着。

如此顽强的生命力把那孩子激怒了，于是他开始拧它的脖子。看着鸽子抽搐，他心跳加速，感到一种野性的、狂暴的快感。最后鸽子终于僵硬了，他几乎都要晕过去了。

所以说，在那位读者看来，对动物的屠杀就是二者之间的联系。对此亨利一点也不觉得奇怪。他小说中的动物可不是什么情感丰富的浪漫形象。虽说是为文学而服务的，但它们都是野生动物，他试图准确描绘其行为，而杀戮与被杀戮对野生动物来说根本就是例行公事。他的故事是给成年人看的，所以只要有需要，就会有动物暴力的描写。所以，一个小孩子通过杀戮老鼠和鸽子体验生命极限，感受死亡的故事，还真没让亨利觉得怎么样。

他接着往下看。朱利安成了个冷酷无情的猎手，他的读者一如既往的标记可以作证：

……喜欢自己一个人打猎，骑着马，带上鹰……很快便会飞回来，撕扯着一只鸟儿……

……以这种方式猎获苍鹭、鸢、乌鸦，还有秃鹫。

……喜欢跟在猎狗身后，吹着号角……雄鹿……看着猎狗撕扯它的肉……

雾霭浓重的日子……会深入沼泽……鹅、水獭还有野鸭。

……用刀子杀死熊，用斧头砍死公牛，用矛枪刺死野猪……

……矮腿猎犬……兔子……冲向它们……咬断它

们的脊背。

……山峰……两只野山羊……光脚靠近……匕首直插……

……湖泊……海狸……拿箭射它……

然后是那位读者标出的一大段：

然后他来到了一处林荫大道，两边树都很高，树梢相连形成了一座凯旋门，通向树林。灌木丛中跳出了一只小鹿，林中空地出现了一只雄鹿，一只獾从一个洞口冒了出来，草地上一只孔雀正在开屏。他把它们全杀了之后，出现了更多的鹿、更多的獾、更多的野鸡，还有画眉、松鸡、雪貂、狐狸、刺猬、猞猁，种类无穷无尽，每往前走一步，就会出现更多。它们全都围着他，颤颤巍巍，用温柔祈求的眼神盯着他。可是朱利安乐此不疲，一次又一次，他开弓、拔剑、插刀，什么都不想，什么也都不记得。他只为那一瞬间而活，他仿佛是个置身于一片缥缈之境的猎人，时间失却了任何意义，发生的一切轻松如梦。一幅非同寻常的景象让他突然住手：一个小山谷，看起来很像圆形剧场，里面全是小鹿。它们挤在一起，用彼此的呼吸互相温暖，呼出的气悬在周围的迷雾中，宛如一片片云朵。

看到一场大屠杀近在眼前，有那么几分钟，他兴奋得喘不过气来。他下了马，卷起袖子，开始射箭。

鹿一听到箭响，纷纷回头张望。它们的队形开始混乱，悲鸣四起，鹿群惊慌失措。

谷口很高，它们根本越不过去。山坡又把它们围在里面，它们只能疯狂绝望地乱蹦，企图逃跑。朱利安不停地瞄准射击，箭如雨下。狂乱的雄鹿互相碰撞，四蹄离地狂跳，从彼此身上跃过去。它们的鹿角缠在一起，身体堆成一座小山，又在移动中倒塌。

最后，它们全死了，横躺在沙地上，鼻孔泛着白沫，内脏也都露了出来，一起一伏的肚皮慢慢都不动了。然后，一切归于寂静。

夜幕降临。树林外面，从树枝中间看过去，天空一片血红，犹如血池。

朱利安靠着一棵树，睁大眼睛看着遍地死鹿，自己也不明白自己是怎么完成大屠杀的。

他看到山谷另一边的树林边缘有一只雄鹿，一只雌鹿，还有一只小鹿。

那只雄鹿通体乌黑，身形巨大，还长了一对大角，胡子花白。雌鹿毛色如枯叶，正在吃草。小花鹿在母鹿旁边跑来跑去，正噙着一个乳头。

十字弓再次响起，小鹿应声倒地。雌鹿则看了看天空，发出一声深沉、撕心裂肺的叫声，几乎有点像人类的哀号。欣喜若狂的朱利安直直地朝雌鹿的胸口射了一箭，雌鹿也倒在地上了。

大雄鹿看到他，往前跳了一步。朱利安朝雄鹿射出了最后一支箭，箭刺穿了雄鹿的前额，牢牢地插在了上面。

那位读者的引用就到这儿，后面就没有荧光黄色标记了，故事自然发展下去。有点奇怪，因为紧接着下一句就提到朱利安的最后那支箭并没有杀死雄鹿。相反，雄鹿大踏步走到他面前，低头看着他，和着远处的钟声诅咒他：

“可恶！可恶！可恶啊！狠毒的人，总有一天，你会杀了自己的亲生父母！”

很显然，这一点在故事中相当重要，但那位读者貌似对此并无兴趣。

亨利继续翻阅。听到雄鹿的诅咒后，朱利安放弃了打猎，离开父母，环游世界。他成了一个很能干的雇佣兵。军事动乱接踵而来，他在很多国家杀人无数，却因此赢得了奥克塔尼亚国王的喜爱和感激，因为他使后者免受后倭马亚王朝的荼毒。作为奖赏，他得以迎娶公主。关于朱利安的一个预言——对他父亲说的他将成为帝王之家的人——成为现实，但这一切似乎都没能引起那位读者的注意。

还有最后一处标黄的地方，有两段描写朱利安的婚后生活，貌似心满意足，暗地里渴望却在酝酿沸腾：

> 他身穿紫袍，斜倚窗栏，忆起过去打猎的日子，渴望驶过大漠，追猎瞪羚和鸵鸟，或者躺在竹林中等着美洲豹，穿过犀牛成群的森林，登上最难攀缘的山峰去瞄射苍鹰，还要航行到浮冰连连的大海勇战北极熊。
>
> 有时候，在梦中，他会觉得自己是伊甸园中的亚当，周围全是动物：手臂一伸，它们就纷纷倒地；又或者，它们会双双排队从他身边走过，按照体形大小，从大象、狮子到白鼬、鸭子，就好像它们登上诺亚方舟的那天一样。他藏在岩洞里，向它们投掷标枪，无一虚发。会有越来越多的动物，屠杀会没完没了地进行下去；

就在分号那个地方，那位读者停了下来，没打算把那段最后一句话也标出来，而且那句话也不长：

朱利安会从梦中醒来，眼睛狂乱地转来转去。

那位读者对故事的其他部分都未引述。事实上，他对关键部分，也就是朱利安如何像雄鹿预言的那样杀掉自己的双亲，以及更重要的，如何过上悲苦、克制、为他人服务的生活，最终成为标题中所说的圣人也没任何表示。他只关注动物以及它们的血腥命运。至于朱利安和他的救赎，他似乎毫无兴趣。

伊拉兹马斯叫着要出去遛遛。亨利还有电话要打，台词要斟酌，还得去一家古董服装店找一套戏服，于是他放下了故事。

几天后的一个下午，趁着“巧克力之道”生意清淡之时，亨利又回到了那个故事。这次，他把整个故事当成一个整体来看，而不是只关注那位读者标记的部分。整个故事有一种很奇怪的不平衡感，一个关键因素一直悬而未决。朱利安的双重人格——既悲天悯人却又嗜杀成性——如果纳入人类范畴中来理解，就可以说得通了。比如说，他当雇佣兵的时候，他的所作所为确实很暴力，却发生在道德框架之内。于是，“一个接一个，他帮助过法国王储、英国国王、耶路撒冷圣殿骑士团、帕提亚军中的苏芮那将军、埃塞俄比亚皇帝还有卡利卡特皇帝”，而且心照不宣的是，这诸多君王均值得他出手相助，所以才需要杀那么多敌人。这种喋血行为背后的正义本质在同一页表现得很明显：“他解放民族。他营救囚于高塔的王后。除了他，再没有谁能杀死米兰的毒蛇，奥博博贝奇的恶龙。”很显然，那些压迫其他民族，把王后关进高塔的人在道德上跟米兰的毒蛇之流同属一路货色。于是，对人类的暴行经由道德的罗盘指引，把朱利安带上了一条不那么邪恶的道路：如果非要杀人的话，杀掉那些罪孽深重的“满身是鱼鳞的斯堪的纳维亚人……用河马皮圆形盾牌的黑人……类人猿……食人族”总比杀掉那些高贵的王储、国王、耶路撒冷圣殿骑士要好。于是，在暴力时代运用道德的罗盘就说得过去了。没错，道德的罗盘本来就该在这种时候拿出来用的。

朱利安的妻子邀请他父母在自己的床上休息，而朱利安却错把他们当作他妻子和她的情夫，趁他们睡觉的时候把他们杀了。这之后，他深刻意识到自己犯下了何等滔天大罪，悔恨吞噬了他。他的道德罗盘开始旋转。

故事结尾讲得很明白：朱利安收容了一个饥寒交迫、畸形至极的麻风病人，不仅给他吃的喝的，让他睡自己的床，还光着身子躺在他身上——“嘴对嘴，胸对胸”——如基督徒般尽一切可能给他温暖。后来证明那个麻风病人其实是耶稣基督。当主自己升上天空时，还把已经改过自新的朱利安也带在了身边，这也标志着朱利安溅满鲜血的道德罗盘真正成功指向了北极。在福楼拜的笔下，两种不同的看世界的方式——叙事的和宗教的——并驾齐驱，被赋予了最为普遍而同义的结论：皆大欢喜，罪人得到救赎。这一切颇合情理，也符合传统圣徒传记的规矩。

但是，对动物的杀戮却不合情理。从故事框架来说，既没有解决办法，也没有什么后果；从宗教上来说，则陷入了一片令人尴尬的空虚。朱利安从折磨、屠杀动物中所获得的快感，同其遭诅咒及获得救赎似乎毫无关系，而屠杀动物的篇幅却比杀人长得多，描写也详细得多。因为杀了双亲，他才在这个世界上孤独游荡，也是因为对一个麻风病人敞开心扉，他才获得了救赎。他对动物的惊人猎杀，唯一后果便是一只雄鹿的诅咒。除此之外，那些大屠杀，那些灭杀动物的渴求，不过是一场毫无道理的狂欢，对此，朱利安的救主不置一词。

他们两个升入永恒，身后留下大量的动物鲜血，在沉寂中干涸。这个结局给了上帝和朱利安一个和解，但对动物的暴行却仍然熊熊燃烧，没有得到救赎。亨利觉得，这种愤怒让福楼拜的故事虽令人难以忘怀，却也让人疑惑，不甚满意。

他最后一次翻阅那些纸张，再一次注意到只要是提到动物屠杀的，不管是一只小老鼠，还是伊甸园里的全部动物，那位读者全都用鲜亮的黄色标记了出来，这也同样让人疑惑不解。

那信封里可不是只有一篇故事，还有一枚回形针夹了另外一沓纸，看起来像是一个剧本的选段，题目未知，作者未知。亨利猜这应该是他这位读者的作品。一阵困意袭来，亨利把福楼拜小说和剧本放回信封，放到了那叠信件的最下面。他想起来了，店里还有新鲜可可豆存货要整理呢。

但是过了几周，他处理完其他读者来信后，那个信封又冒了上来。一天晚上，亨利正在排练。他们这个业余剧团演出的地方之前是个温室大棚，用来做园艺生意的——因此取名温室剧团。多亏了一位慈善家，他们建了个多功能舞台，过去用来摆盆栽植物的架子也都换成了一排排舒适的椅子。都说做生意地段很重要，这话同样适用于艺术，甚至是生活本身：我们是茁壮成长，还是枯槁憔悴，都取决于环境是否滋润养人。用改造过的大棚当剧院还真不错，走在台上的时候还可以看看外面的大千世界（或者，说得直白点，就是可以一边享受室内的温暖惬意，一边瞟几眼外面的天寒地冻）。一天晚上，亨利坐在舞台前面，看着矫揉造作、稍嫌蹩脚的表演，他突然想到这会儿正是看看寄福楼拜作品给他的那位读者的戏剧作品的好时机。他把剧本取出来，看了起来。

（维吉尔和碧翠丝正在树下坐着。他们茫然地望着前方。寂静。）

维吉尔：要是有个梨该多好啊。

碧翠丝：梨？

维吉尔：嗯，熟透了，多汁的那种。

（停顿。）

碧翠丝：我从没吃过梨。

维吉尔：什么？

碧翠丝：事实上，我应该从来都没见过梨。

维吉尔：这怎么可能啊？梨是很普通的一种水果呀。

碧翠丝：我父母总是吃苹果和胡萝卜。我猜他们应该不喜欢梨吧。

维吉尔：可是梨很好吃啊！我敢打赌这附近肯定有棵梨

树。(他向四周看了看。)

碧翠丝:给我描述一下吧。梨是什么样子的?

维吉尔:(向后靠了靠,坐定)我可以试试。让我想想……首先,梨的形状很特别。圆圆的,下面粗,上面是锥形。

碧翠丝:像个葫芦。

维吉尔:**葫芦**?你都认识葫芦却不认识梨?我们知道和不知道的事情还真是奇怪啊。不管怎么说,梨跟葫芦不一样,它比一般葫芦要小,样子更好看一点。梨的锥形是对称的,上半部分端坐于下半部分正中心。你懂我的意思吗?

碧翠丝:应该明白。

维吉尔:我们先说下半部分。你能想象一种圆圆的、胖乎乎的水果吗?

碧翠丝:比如说苹果?

维吉尔:不完全是。你要是用你的心灵之眼观察苹果,你就会发现苹果周长最长的地方不是中间就是顶部三分之一处,是不是?

碧翠丝:没错。梨不是这样吗?

维吉尔:不是。你得想象一个苹果周长最长的地方在底部三分之一处。

碧翠丝:我想象得到。

维吉尔：但相似度也没那么高。梨的底部跟苹果不一样。

碧翠丝：不一样？

维吉尔：不一样。大部分苹果都有个“屁股”，也就是说，会有环形的棱或是四五个支撑点好让它不会倒下去。要是把苹果当成动物来看的话，过了尾部，向上一点，就是苹果的肛门了。

碧翠丝：我完全明白你的意思。

维吉尔：呃，梨不是那样的。梨没有“屁股”。它的底部圆圆的。

碧翠丝：那它怎么站得住呢？

维吉尔：它不站啊。梨要么挂在树上，要么侧躺着。

碧翠丝：跟鸡蛋一样笨手笨脚的。

维吉尔：关于梨的底部还有一个特点：有些苹果身上有那种纵向的纹路，大部分梨都没有。绝大多数梨有着平滑的圆弧形外表，底部也是。

碧翠丝：真是让人垂涎欲滴啊。

维吉尔：当然。现在，让我们穿过水果赤道向北移动吧。

碧翠丝：紧跟着你呢。

维吉尔：上面就是我刚刚跟你说的那个锥形了。

碧翠丝：我不太能想象得出来。梨是逐渐细成尖端吗？

它是不是像圆锥体那样？

维吉尔：不是。想象一下香蕉的一端。

碧翠丝：哪一端？

维吉尔：尾端，就是你吃香蕉的时候拿在手里的那端。

碧翠丝：怎样的香蕉？香蕉有成百上千种呢。

维吉尔：是吗？

碧翠丝：嗯，没错。有些特别小，跟粗短手指差不多，还有的真有棍棒那么大。它们形状各异，味道也不一样。

维吉尔：我是说那种普通香蕉，黄色的那种，味道特别好的。

碧翠丝：普通香蕉，M.sapientum（圣者香蕉）。你说的可能是大米歇尔这个品种。

维吉尔：哟呵，没看出来啊。

碧翠丝：香蕉我懂。

维吉尔：比一只猴子还懂。抓住一根普通香蕉的尾端，然后把它放到一个苹果上，想着我刚才说的那些苹果和梨的区别。

碧翠丝：这个嫁接还蛮好玩的。

维吉尔：现在把线条打平柔化。把香蕉拉平，温柔地融入苹果中。能想象得到吗？

碧翠丝：我觉得可以。

维吉尔：最后一个细节。在这个苹果–香蕉组合水果的最上端，加一个硬得出奇的小梗，就像树枝那样的梗。就这样，你就大概有一个梨的样子了。

碧翠丝：听起来像一种很不错的水果。

维吉尔：确实是这样。一般来说，梨都是黄色，上面带有黑色小点。

碧翠丝：又跟香蕉很像。

维吉尔：不，一点都不像。梨的黄色没那么亮，也不像香蕉那样不透明、没光泽。梨的颜色比较浅，有点偏米黄色，但又不是乳白色，很水灵，就像水彩画的那种感觉，而且上面的小斑点有时候是棕色的。

碧翠丝：那些小斑点是怎么分布的？

维吉尔：跟豹子身上的那些小斑点不一样。与其说是斑点，倒不如说是一片片阴影，这跟梨的成熟度有关。顺便说一下，成熟的梨很容易被碰伤，所以要轻拿轻放。

碧翠丝：当然。

维吉尔：现在来说梨皮。梨的皮很特别，还真不好描述。我们刚才是在说苹果和香蕉是吧？

碧翠丝：嗯。

维吉尔：苹果和香蕉的皮都很光滑。

碧翠丝：嗯，没错。

维吉尔：梨的皮不光滑。

碧翠丝：是吗？

维吉尔：嗯，梨皮相对来说粗糙一点。

碧翠丝：就像鳄梨那样吗？

维吉尔：不是，不过既然你提到了鳄梨，梨跟鳄梨长得还是有点像的，虽说梨的底部往往更圆润一点。

碧翠丝：真令人神往啊。

维吉尔：而且梨的上部会变细，要比鳄梨明显。不过，这两种水果形状多多少少还是有点像的。

碧翠丝：我完全想象得到。

维吉尔：但它们的皮可是完全不同！鳄梨的皮疙疙瘩瘩的，跟癞蛤蟆似的，看起来就像得了麻风病的蔬菜。而梨则是有一点点粗糙，很柔和，摸起来也很好玩。要是把手指滑过梨皮的声音放大一百倍，你能想象那听起来是怎样的吗？

碧翠丝：怎样的？

维吉尔：那声音就像唱片机的唱针划过磁道，那舞动的爆裂声，就像什么轻盈干燥的东西烧起来一样。

碧翠丝：毫无疑问，梨是这个世界上最好吃的水果！

维吉尔：没错，没错！以上就是梨皮部分。

碧翠丝：梨能吃吗？

维吉尔：当然可以。我们说的可不是橘子那种涂了蜡一般的粗糙果皮。梨成熟后，皮会变得很软很柔滑。

碧翠丝：那梨尝起来是怎样的？

维吉尔：慢着。你得先闻味道。成熟的梨香味淡淡的，也很柔和，但其魅力在于给你嗅觉带来的那种轻柔感。你能想象肉豆蔻或是肉桂的味道吗？

碧翠丝：嗯，可以。

维吉尔：成熟的梨闻起来感觉就像那种香料，好像整个人中了魔似的，都被迷住了，绞尽脑汁，翻出一千零一种记忆和联想，就想知道这股令人陶醉的迷人味道是什么——顺便说一下，从来没想清楚过。

碧翠丝：但是梨尝起来是怎样的？我都等不及了。

维吉尔：成熟的梨甜甜的，汁水充盈。

碧翠丝：哦，听起来很不错。

维吉尔：把梨切片，你会发现它的果肉会由内而外发出一种耀眼的白光。谁要是拿把刀，再拿个梨，就不用怕黑了。

碧翠丝：我真得来个梨了。

维吉尔：梨的质地和硬度又是一个难以用语言描述的问

题。有些梨口感会有点脆脆的。

碧翠丝：像苹果那样吗？

维吉尔：不是，跟苹果一点都不一样！苹果拒绝被吃掉。你不能吃掉苹果，你只能征服苹果。梨的那种脆要诱人得多。软软的，脆脆的。吃梨的感觉就像……就像接吻一样。

碧翠丝：哦，天哪！听起来真爽啊。

维吉尔：梨的果肉的口感有时候会稍稍有沙砾感，但是却入口即化。

碧翠丝：真有这样的事吗？

维吉尔：每个梨都是这样。这还只是外观，触感，味道和质地。我还没跟你说它吃起来是什么滋味呢。

碧翠丝：我的天哪！

维吉尔：一个好吃的梨，你开始吃的时候，你的牙齿嵌入这一美食中时，吃梨就变成了一项引人入胜的活动：除了吃梨，你什么都不想干。你宁愿坐着而不是站着，宁愿独自一人而非有人做伴，宁愿保持安静而非听着音乐。除了味觉，其他所有感官都将休眠了。你什么都看不见，什么都听不见，什么也都感觉不到——除非那感觉可以帮你体会到梨的非凡美味。

碧翠丝：但是，梨尝起来到底是什么样的？

维吉尔：梨尝起来，尝起来……（他搜肠刮肚，然后耸了耸肩，放弃了努力。）我也不知道，没法儿用语言描述。梨尝起来就是梨的味道啊。

碧翠丝：（伤心状）真希望你能有个梨。

维吉尔：我要是有梨，肯定给你。

（沉默。）

这一幕就此结束。亨利上大学的时候读过但丁的《神曲》[1]，所以认出了剧中角色的名字，但这也没什么帮助。他不明白这个结构完整的小短剧到底想说明什么。如果说这个小剧是沧海一粟的话，那它映衬出的那个大千世界，亨利却不知道是什么。他很喜欢那句“谁要是拿把刀，再拿个梨，就不用怕黑了”。节奏把握得也不错；他可以想象到两位演员进入场景。但他就是想不明白这个受饥饿驱使的，关于一个难以描述的梨的单纯对话跟《圣朱利安传奇》有什么关系。

另外，信封里还有一张打印的便条：

敬启者，

---

1 在但丁的《神曲》中，罗马诗人维吉尔引导他走过地狱和炼狱，而他的单恋对象碧翠丝则带领他游历天堂，见到上帝。

我读了您的书，欣赏至极。

我需要您的帮助。

敬上

签名几乎难以辨认。姓氏那部分基本上就是一条曲线。亨利一个字母都认不出来，甚至连一共有几个字母都无法判明。但是名字还是看得出来：亨利。潦草的签名下面有一个本市的地址和一个电话号码。

他的帮助——这是什么意思？怎样的帮助呢？时常会有读者把自己写的东西寄给亨利，大部分都不算什么佳作，但亨利都回信鼓励他们，因为他觉得自己没有权利扼杀他人的梦想。这位读者想要的是这样的帮助吗：赞扬、编辑反馈、介绍推荐？抑或是其他帮助？他偶尔确实会收到奇怪的请求。

他怀疑亨利是个青少年。这或许可以解释他为什么会对福楼拜小说中的血腥和蛮勇兴致勃勃，而对宗教主题了无兴趣了。不过那个小剧本笔法很流畅，句子干净简洁，没有拼写或语法错误，也没有句法上的纰漏。莫非是个有位好老师的小书虫？有个好妈妈，可以骄傲地替这位崭露头角的小作家做嫁衣？青少年写便条会这么简洁扼要吗？

亨利再一次把信封收起来。这么一收就是好几个星期。他得去“巧克力之道”上班，一周两次音乐课，还有平时练习、戏剧排练。随着他和萨拉开始交了些朋友，社交生活也红火起来了，大城市还有各种文化活动。伊拉兹马斯和门德尔松也搞得亨利很忙，他是真没想到他们两个会占用他这么多时间和精力。可以说，伊拉兹马斯是身体上的，门德尔松则是哲学上的。亨利经常和她一起体验寂静，门德尔松会躺在亨利腿上，他则轻轻抚摸她，这时候小猫便开始咕噜咕噜叫，让亨利想起和尚打坐念经，自己也会随之陷入冥思——然后就会发现半天已经过去了，却还一事无成。为了打破这种碌碌无为的状态，他往往都是去遛遛伊拉兹马斯。这小狗特别欢乐，反应灵敏，而且永远顽强好胜。看到自己那么喜欢与这只小狗做伴，亨利颇为惊讶。他发现自己不光是一个人在家的时候跟他讲话，在外面一起溜达的时候也一样，这让他觉得有点尴尬。而那只小狗的表情，就好像亨利说的话，他永远都清清楚楚、明明白白似的。

即便如此，那个信封还是躺在亨利的办公桌上盯着他，要不就是在他的小背包里反抗，不高兴被折成两半。

最后，考虑到那张便条的简洁，再加上地址离家不远，亨利决定去探访一下他的同名者住的地方，这样也正好有个借口可以跟伊拉兹马斯好好遛遛。他想回信给亨利——亨利什么呢？亨利检查了一下信封，就一个回信地址，没有名字。没关系：他就跟平时一样，用他的卡片给亨利某某写回信，谢谢他同自己分享他的创作成果并祝他好运——末了签上自己的名字，要看得清，但不写回信地址。**正好来这逛逛**，他会如此写道，然后将它投入那位读者的信箱里去。

几天后，亨利写信给亨利。关于他的小剧，他这样写道：

> ……结构精当，角色引人入胜。轻快迷人，节奏也很不错，这些都有助于场景的有效构建。梨的部分写得尤其好。我尤其喜欢“谁要是拿把刀……”那句。角色的名字——维吉尔和碧翠丝——很吸引我。引入但丁的《神曲》加深了我对您作品的理解。恭喜您！祝您……

亨利怀疑他的读者会不会看穿他关于《神曲》的那段话有多么言不及义。关于福楼拜的小说，他写道：

> ……得感谢您，我之前从来没看过《圣朱利安传

奇》。那些打猎场景的描述尤其生动，这点我同意。很血腥啊！这些都代表什么呢？……

“萨拉，我出去散个步，你要一起吗？”亨利问道。

萨拉打了个哈欠，摇了摇头。这会儿萨拉肚子里的宝宝一切都好，但她就是总犯困。亨利穿上大衣，带着伊拉兹马斯出了门。天气晴朗，但是干冷，气温仅仅在零上几度徘徊。

结果证明亨利没好好把地图上看到的距离转换成大街上双脚要走过的距离，路程比他想象中的要远。他们走进一个不认识的小区，两边的建筑有民居，也有商用建筑。他注意到房子风格的变化，城市及其居民的历史都通过建筑展示了出来。他深深地将冷空气吸入肺里。

目的地位于一条高档商业街末端的贫民区，街上有一家婚纱店、一家珠宝店、一家高档饭店，街道尽头马路右边还有家很不错的咖啡厅，带了个大露台。因为天气原因，露台上空空如也，没有桌椅，但砖墙边有一幅壁画兀自而立，在温暖的阳光下，从街口可以看到壁画上一杯热气腾腾的咖啡，袅袅香气升腾而起。到了咖啡厅这里，街道先是左拐，然后很快又右拐。这个弯儿之后，街道左边又有一段商业区，右边则是一幢大楼，砖墙高高的，没有窗户。再往前走一段，又有一个右转弯。很明显，这条街之所以会这么七扭八拐，都是因为那幢大楼，它在后面跟这条街毗邻。因为它面积太大，街道就不得不绕着它前行。亨利带着伊拉兹马斯一路往下找。这条街上的店铺就低调多了，有一家干洗店、一家家具店，还有个小杂货店。他看到建筑上的门牌号越来越近：1919……1923……1929……他转过街角——然后便僵在原地。

一只獾㹢狓正对着街道看着他，前倾的头朝向他，就好像在等他一样。伊拉兹马斯正兴致勃勃地在墙边嗅来嗅去，没注意到那只鹿。亨利拽着他，穿过马路走近一些，看到一个大大的、三面嵌板的凸窗里，闷热的非洲丛林实景模型中，站着一只——亨利真的很想说**住着**一只——雄伟华丽的獾㹢狓，令人无法视而不见。模型中的那些树枝藤蔓全都伸出窗户，爬到周围的砖墙上，立体逼真，宛如完美的错视画。那只鹿有九英尺高。

獾㹢狓是一种很奇怪的动物。它腿部的条纹跟斑马很像，身体像一只红棕色的大羚羊，头部和倾斜的肩膀又像长颈鹿。事实上，它跟长颈鹿还真有点关系。确实，一旦知道了这层关系，你就会觉得：獾㹢狓看起来就像一只“短”颈鹿，只有条纹腿和大圆耳朵不太和谐。獾㹢狓是一种反刍动物，生性温和，羞怯喜静，直到1990年才被欧洲人在刚果的雨林中发现，当然，当地人是早就知道了的。

亨利眼前的这个标本可真是巧夺天工。整个造型充满活力，形态也很自然，对其栖居地的构建也很到位——简直就是非凡绝伦。在这样一个周围满是工业制造的环境中，这里便是一个小小的热带非洲，美妙无比。只须加入一线气息，梦幻便可变为现实。

亨利弯下腰想看看在它的肚子或是腿上能不能找到什么针脚线头，但除了光滑的皮毛沿着肌肉展开，还有凸起的血管，其他什么都没有。他看了看那双眼睛，湿润黝黑；两只耳朵竖立着，好像在专心听着什么；鼻子好像要颤抖似的；而双腿呢，则是一副准备好要飞奔而出的样子。这标本跟照片具有同样的证明效力，给人以毫无疑问这就是对现实的见证之感。因为要拍照片，摄影师**必然在场**共同分享**现实**。但这儿的现实证明还多了一层空间维度，那正是这一让亨利赞不绝口的技艺的本质所在：它是3D成像。只消一秒钟，那只獾狮狓便会飞奔而出，就像野外的獾狮狓听到照相机快门的声音会飞奔而去一样。

几分钟以后，亨利才注意到门上右侧的门牌号：1933。正是他要找的地址！凸窗上面黑底金字写着：獾狮狓标本店。亨利转身看了看他来时的方向。他伸长脖子，还可以瞥见杂货店的边缘，但街角其他东西全都被挡住了。转向另一边，几步之外街道再次转弯，向左经过巨大的砖砌建筑继续前行。獾狮狓标本店便是这段隐秘街道上的唯一一家店。这片宁静绿洲对獾狮狓来说当然很不错，但对生意来说绝对是个坟墓，店主估计都绝望了，主街道上那些繁忙的客流交通他这里可是一点也看不到。

神秘读者原来是个动物标本师。这又一次解释了他为什么会对圣朱利安猎杀动物的情节如此感兴趣。亨利一刻也没有犹豫。他本来计划放下卡片就走，但他之前从没见过动物标本师，事实上他之前都不知道现在还有这个职业。他把伊拉兹马斯拉紧，推开门，一起进了獾狮狓标本店。铃声响起。他关上门。左侧有一扇玻璃窗，从那里可以继续观赏那组实景模型。现在亨利可以透过缠绕的藤蔓从侧面看那只獾狮狓，就好像一个探险家在丛林里悄然地接近它。自然选择多么奇妙啊，斑马就可以名正言顺地全身布满条纹，而獾狮狓却只有腿上有。抬头向上看，亨利看到有好多布置精妙的灯，其中凸窗上方角落里有一盏还用了机关，可以慢慢旋转。而对面角落里，有一台小风扇也在来回转动。他能猜到它们的作用：通过灯的旋转，可以不断变换光影，风扇则可以轻轻吹动树叶使其沙沙作响，平添一份栩栩如生的感觉。他仔细看了看那些藤蔓，一丁点能把这个梦幻世界击碎的塑料或是金属线都找不到。这些是真的吗？当然不是。就算主人再怎么精通园艺，在这种温带气候下也不可能。也许是真的，然后不知怎么被保存了下来，像木乃伊那样被保存了下来。

“有什么需要帮忙的吗？”一个低沉、稳重的声音问道。

亨利转身，看到一个高大的男子。伊拉兹马斯咆哮起来。亨利猛拉了拉牵引绳。亨利还没来得及回话，那男子就说道：“哦，原来是你。请稍等一下。”然后就从侧旁消失不见了。**是你**？亨利纳闷：那男子是不是认出他来了？

亨利光顾着四处张望，也没顾得上多想这个问题。獾猕狓模型旁边的柜台上放了台很古老的银色收银机，上面还有好多机械按钮。柜台和实景模型后面的墙上挂了四个浅黄色模具，固定在盾形木头基座上。亨利想了会儿才明白那都是些什么：头的模型，还有一些基座，猎回来的动物的面部和角都是从这些基座上面弄出来的。模具下方靠着墙的是些标本业的小玩意：一块嵌板上面摆满了大大小小的玻璃眼球，从大到小，变化也不均匀。有时候一下子从高尔夫球那么大变到弹珠那么小，有时候差异则很细微。大部分眼珠都是黑色的，但也有些上了色，搭配奇特的瞳孔；有一块板上面放了大大小小的针，有直的也有弯的；一个架子上摆满了各种颜料罐，装满各类液体的瓶子，各款袋装填料，各式各样的线团，还有一些关于标本制作的书和杂志。有一张桌子的腿看起来真是用斑马腿做的，这些东西，有的放在桌子上面，有的在下面。桌子旁边是一个玻璃柜，里面陈列了好多昆虫和五颜六色的蝴蝶，放在不同的陈列盒里，有些专门展示某一类标本——某种蓝色大蝴蝶或是某种看起来像小犀牛的大甲虫——其他的则摆放了各种各样的标本。

柜台右边才是动物标本师的存货区，很大也很惹眼，占了店面大部分。房间墙边摆了三个大开架，而且这房间还不小，天花板也很高。房子中间还有好多不靠墙的架子，同样排列延伸到底。这些架子上塞满了各种大大小小的动物，一点缝隙都不留：带皮毛的，长羽毛的；有斑点的，带鳞片的；有捕食者，也有被捕食者。它们全都僵定在那里，就好像亨利的出现把它们吓了一跳，它们随时有可能反应过来——以动物的那种闪电速度——然后那里立刻陷入一片混乱：咆哮声、尖叫声、狂吠声和哀鸣声一齐响起，就像诺亚方舟上的动物下船那天。

奇怪的是，伊拉兹马斯，这个房间里唯一活蹦乱跳的动物，对眼前的这些标本却似乎无动于衷。是因为它们没有自然气息？还是因为它们的静止不动太过不可思议？不管原因是什么，这些标本对他的影响可没比一堆无聊雕塑大多少。他叹了口气，扑通一声瘫在地板上，用爪子支着头，就好像艺术博物馆中百无聊赖的孩子一样。

相反地，亨利却瞪大双眼盯视着。一阵强烈的兴奋感穿过身体。这里可是有满满的故事啊。亨利看到房间中央站着一组三只老虎。雄虎呈蹲伏状，死盯着前方，耳朵转向后方，身上的毛全都竖了起来。它身后稍远处，有一只雌虎，爪子举在半空中，面露怒色，尾巴则焦虑地盘绕在空中。最后是一只幼虎，它的头转向一边，一时间好像有点心不在焉，不过它同样也忧心忡忡，爪子绷得紧紧的。这组三件套散发出的紧张气息清晰可感，令人惊愕。只消一秒钟，本能便会占据上风，情势将进入紧要关头。雄虎会奋起搏斗——跟什么(谁)搏斗呢？另一只刚刚出现的凶猛雄虎？会有令人生畏的咆哮，又或者双方都觉得不能让步，展开一场酣畅淋漓的搏斗？雌虎会即刻转头，立马消失，在草木间奔跑跳跃，鼓励小老虎跟上。而小老虎呢，虽然心脏扑通扑通跳，还是不愿懈怠。因为知道这些动物都是死的，绝对死了，亨利才不至于被同样的恐惧感压倒，但他的心脏还是狂跳不已的。

他看了看房间其他地方。除了透过实景模型和前门玻璃窗格的光，再没有任何自然光，天花板上悬挂的吊灯光线也不是很强。光影造就环境：森林、岩石和树枝。一眼扫过去，光是在手边的，亨利就能看到有鼩鼱、小鼠、仓鼠、天竺鼠、大鼠、一只家猫、一只刺猬、白尾灰兔、两只蝙蝠（一只正在飞，一只倒挂在架子上）、一只貂、一只鼬鼠、一只野兔、一只鸭嘴兽、一只鬣蜥蜴、一只几维鸟、一只红松鼠、一只灰狐狸、一只獾、一只犰狳、一只海狸、一只水獭、一只浣熊、一只臭鼬、一只狐猴、一只沙袋鼠、一只考拉、一只帝企鹅和一头土豚。聚在一起的是一些蛇，其中有一条细瘦的，呈亮绿色；一条立起来的眼镜蛇，风帽鼓起[1]；还有一条肥大的蟒蛇，一圈圈绕在架子上。再远处一点可以看见水豚、猞猁、箭猪、长着神奇羊角的欧洲盘羊、一只狼、一只豹子、一只貘、一头狮子、某种瞪羚、一只海豹、一只猎豹、一只狒狒，还有一只黑猩猩。有一个架子上，全是裱好的动物骨架，大都是中等大小的四足动物，有五六具，旁边有个头骨，固定在一根杆上，覆以玻璃圆罩。房间较远的那一边有一匹角马、一只羚羊、一只鸵鸟、一头北美灰熊高高地坐在自己后腿上，还有一头小河马，背上站着开屏的孔雀。高层架子上挤满了各种鸟类，颜色绚

1 眼镜蛇因其外形特征，又叫作 snake with hood 或者 hood-snake，意即戴风帽的蛇。

烂多姿：蜂鸟、鹦鹉、松鸭、喜鹊、鸭子、野鸡、鹰、猫头鹰、犀鸟、三只小企鹅、一只加拿大雁、一只火鸡，还有其他一些亨利叫不上名字的。这些鸟儿有的在小憩，有的正欲展翅，还有的翱翔空中，悬在天花板下面，把天花板都挡住了。房间最后面的墙上，俯瞰地板上那些动物的是固定在墙上的动物头颅——狮子、老虎、好几种鹿、一只麋鹿、一头骆驼、一只长颈鹿、一头印度象——让人感觉这屋子就是某个隧道的底端，满是动物和各种阴影。

除了沙袋鼠旁边的考拉和貘旁边的美洲虎，还有其他一些自然配对的动物组合，其余动物的排序仅依照一些最基本的规则：一般说来，天上飞的都比地上跑的要高，体型小的在上，体型大的在下，而特大的那些又往往挤在房间后面。除此之外，都是随意放。奇怪的是，这种混乱的安排，既不考虑个体差异性也不管群组性，整体上却给人一种统一的感觉，一种共同的动物性文化。这是个既多元又统一的社区，有着共同的文化纽带。

“我把你的书拿过来了。”那个男子从侧门冒出来说道。

男子眼神很犀利，他认出了亨利。亨利已经好多年没在媒体上露面了，男子对他面貌的记忆肯定是过去的了。

“我带了张卡片给你，”亨利脱口而出，虽说他其实并没想亲自送卡片。“需要我在你的书上签名吗？”

“你要是想签就签吧。”

“很高兴见到你。”亨利说着，伸出了手。

“嗯，是的。”店主柔软的手覆在了亨利手上。

他们交换了手中物品。亨利在书上签了名，他把当时脑海中浮现的第一句话写了上去：**致亨利，一位动物之友**。与此同时，男子打开信封，花了好长时间读那张卡片。亨利有点担心自己卡片上的内容，不过这也给了他一个观察男子的机会。男子个头很高，有六英尺多，体型宽阔，骨架很大，却形容憔悴，衣服就跟挂在身上似的。他的胳膊很长，手很大，黑色的头发擦了油，随意地梳到了脑后，高高的前额下面是一张扁平苍白的脸，鼻子很长，下颌宽阔。他看起来应该有六十来岁，表情很严肃，眉毛皱在一起，一双黑色眼睛仿佛盯着什么。他看起来不像是天生的社交好手，刚才的握手就很尴尬，很显然他很少跟人家握手，而且给书签名基本可以说是亨利的主意，而不是他的想法。

伊拉兹马斯好像对男子很有兴趣，虽说并不是他平时那种过于友好的“有兴趣”。他站起来，小步向前，踌躇不定地闻着那个人的裤边，他的腿伸开绷紧，就好像随时准备闻到什么可怕的东西便飞驰而去。男子并没有像普通人看到一只友好的小狗时那样还以微笑、问候或者甚至是轻瞥一眼，亨利拉了拉伊拉兹马斯的绳子，再次把他拽回自己身边。亨利感到一种莫名其妙的紧张。

“你不介意这狗在这儿吧？我可以把他拴在外面，一点不费事的。”他说道。

“不用。”男子答道，眼睛仍然盯着那卡片，头抬都没抬一下。

“那张卡片你不必太在意。我匆匆忙忙写的，想着万一没找到你。”

“那好吧。”他把卡片合上，放在了亨利刚刚给他的那本书中。他没看亨利刚刚在书上写了什么，也没对卡片上的内容作任何评价。

“这是你开的店吗？”亨利问道。

“是的。”男子回答道。

“这地方真不错。我之前从没见过这样的店。你当动物标本师有多久了？”

“六十五年以上了吧。我十六岁开始干这行，从没停止过。”

亨利吃了一惊。六十五年以上？那他应该八十出头了吧。还真看不出来啊。

“那些老虎很不错。”

“雌虎和小老虎是印度范英根&范英根公司[1]停止营业时送给我的。雄虎是我自己的作品，从动物园里来的。它死于心脏病。”

他说话毫不迟疑，吐字表达都很清楚确定，而且也不惧沉默。我说话可不是那个样子，亨利想，我语速很快，但又时有停顿，断断续续，偶尔还会话说一半就没音了。

“所有这些动物都出售吗？”

“几乎所有的吧。有少数是博物馆的东西，我修好了正在晾干。还有一小部分是展示品，那个獾伽狓不卖，鸭嘴兽和土豚也一样。但其他的，嗯，其他的都卖。”

“你不介意我四处看看吧？”

“请便，想怎么看都行。所有动物都是活着的——停下来的是时间。”

拉着伊拉兹马斯，亨利开始在店里看来看去。标本师则待在原地，一言不发，静静地盯着他。亨利发现绝大多数动物后面还藏有其他动物，通常是同一类，但也有例外。猎豹的腿下面藏着一群乌龟。欧洲盘羊旁边的地板上则有一堆

---

1 范英根 & 范英根公司：位于迈索尔的一家印度动物标本公司，以制作老虎和豹子标本闻名，1999 年停止营业。

鹿角。鸵鸟旁边的角落里立着卷起的动物毛皮，还有好多尖牙和角。有些鱼——鳟鱼、鲈鱼以及一只河豚——固定在熊掌旁边的木板上。技艺真是高超绝伦：那些皮毛、鱼鳞、羽毛全都闪耀着生命之光。亨利觉得，他要是跺一下脚，那些生物就会全部跳将起来逃走。虽然堆挤在一起，每只动物却都有自己的表情、个体情境和故事。亨利纳闷在这儿能不能找到诅咒圣朱利安的那只雄鹿，又或者是他拿刀杀死的熊，拿短斧砍死的公牛以及用箭射死在湖里的海狸？

他可以摸到一头大象的鼻子。大象的一只鼻孔上，有一滴闪闪发亮的水珠，就好像它刚打了个舒爽湿润的喷嚏。亨利很想伸出手去摸摸那滴水珠。但他知道——理智告诉他——他能感觉到的不过是硬邦邦的人造树脂。

“客人就这样直接进来从架子上选购动物吗？”他问道。

“有些人是。”

“我想你这里的动物应该是从猎户那里买来的吧？”

“也有这样的。”

“我明白了。”

看来这人不擅闲聊。亨利蹲下来盯着一只狼看，等着标本师说点什么，他决定该让他做点努力了。毕竟，亨利大老远地过来找他，而求人帮忙的是标本师。反正亨利还挺喜欢就这么看着不说话的。他面前的狼正在奔跑，前爪悬在空中，马上要碰到前面的地面，肩膀隆起，这也是最能表现其势不可当的地方。狼的右后腿刚刚蹬离地面，这会儿正笔直地指向后方。所以它的整个身躯都是靠一只后腿支撑在空中，姿势却还如此自然。还有一只高大的狼靠墙站着，一动不动，头转向一边，饶有兴致地观察着远处的什么东西，很是闲适，这可是一幅完美的动物姿态画啊。

“要不，你跟我讲讲獾伽狓标本店怎么样？”亨利终于问道。

这招还真管用。亨利选对了话题。标本师开始滔滔不绝地演讲。“在獾伽狓标本店，我们是专业的自然历史标本制作人。皮肤，头，角，蹄子，狩猎获得的战利品，毛皮地毯，各式各样的自然历史标本，从头骨到全身。我们不仅是动物标本制作专家，也是骨骼学专家，擅长头骨、骨头以及带关节的骨架的处理和裱装。裱装好的动物，你可能想为它搭建各种栖居场所，从最简单的枝条到最复杂的实景模型，需要用到的技巧和材料，我们都能提供。那些业余标本师想要裱装一只最喜欢的或是有纪念意义的动物时，都来找我们做模型。我们同时还用动物身体制作家具及装饰品。我们这里的标本用品一应俱全，从制作鱼类标本的涂料到各种各样的眼睛、工具、填料、针线及木头底座，再到制作自然历史实景模型时的一些专业用品。我们量身定做各种陈列箱，形状大小各异，可以用来放置哺乳动物、鸟类、鱼类以及骨架。我们为灰狗大赛[1]提供机械野兔。我们可以为你保存不息的生命，不管是小鸡的胚胎发育过程还是青蛙、蝴蝶的生长周期，都能如实保存，或者如果你愿意，也可以放大打上石膏。我们也可以制作那些打断生命周期的动物模型：跳蚤、舌蝇、普通苍蝇、蚊子，以及其他类似动物。我们的标本制作精良，包装完好，可以确保安然无恙地送达目的地。我们出售并租赁裱装好的标本。我们还提供修补服务，不管是脏了、积灰了、掉色了、毁坏了、破损了、缩减了、碎裂了、掉毛了、磨损了、撕裂了、塌陷了、脱落了，缺失了还是被虫蛀了，我们全都一并打理。我们提供清灰服务——灰尘是动物标本师的永恒之敌。我们会重新缝补，梳理毛发，给鹿角上油，给象牙及其他獠牙抛光，给鱼重新上色，并涂上虫胶清漆。我们修补翻新栖居环境和实景模型。我们不会忽略任何一个细节。所有商品均有品质保证，并提供

1 灰狗大赛：灰狗大赛是澳大利亚、爱尔兰、英国、新西兰、美国等国家流行的赛狗大赛。比赛中灰狗会在跑道上追逐猎物（通常使用机械野兔或兔子），最先到达终点线的赢得比赛。

完备的售后服务，收费合理。我们公司信誉良好，客户满意度高，从敏锐犀利的个人到要求严苛的机构。简而言之，我们是一个完备的一站式标本店。”

男子一气呵成、毫不费劲，他的手臂放在两侧，一点儿也没有痉挛或是抽搐，就像舞台上的演员一样。亨利想，他要是去了我们业余剧团，表现肯定差不了。他注意到**我们**这个词被男子反复提及。亨利怀疑獾㹢狓标本店后面的这个复数形式——我们是，我们制作，我们生产——是不是相当于小作坊间的“我们”的高级版，意在营造取信于人的权威印象，避免让人家觉得一个孤苦老头一大把年纪了还得为生计忙活。

“真了不起。那生意怎么样？”

“不景气，已经好些年了。标本制作这一行正在消亡，就像我们工作时用的那些材料一样。现在除了数得过来的一些家养动物，大家都不要动物了。那些真正的、野生的动物，就算没有完全绝种的，也正在消失。”

就这会儿工夫，听着标本师说话的语气，观察他的面部表情，亨利对这个人有了点滴的了解，对他的性格有了七八分的把握：他既没有幽默感，也不开朗。他严肃又冷静，就跟个显微镜似的。亨利不再觉得紧张了。他知道该怎样跟此人打交道了：他会保持自己严肃的一面。亨利想到了标本师寄给他的剧本。一边是这个严肃得过分的巨人，一边是一场关于梨的戏谑对话。这反差不可能再大了吧。但有时候艺术来源于那个隐匿的自我。也许他生命中所有的轻松明快都写到了作品里，本人便所剩无几了。亨利猜想，他现在看到的应该是标本师公开的一面了吧。

“我很遗憾。很明显，你很热爱这一行。”

对此，标本师没有作答。亨利环顾四周，心生同情，他觉得自己应该买一具标本。他注意到了藏在架子上的鸭嘴兽，固定在一块深色木板上，浮在木板上方大概有两英尺高，带蹼的脚掌伸开来，就好像这个奇怪的小动物正沿着河床游泳似的，但这个鸭嘴兽是非卖品。亨利想要摸摸它的喙，但还是作罢了。陈列的那些骨架中，有一个头骨特别吸引眼球：固定在一根金柱的顶端，覆之以玻璃圆罩，看起来跟个圣物似的。骨架闪耀着白光，充满着力量，就像那大眼珠的凝视也充满了力量一样。亨利回到了店前面，伊拉兹马斯跟在旁边。

“出于好奇问一下，那组老虎卖多少钱？”他问道。

标本师移到柜台边，拉开一个抽屉，拿出一个笔记本，然后翻了翻。

“我刚刚也说过了，雌虎和小老虎是范英根&范英根的东西。不光标本制作精良，装裱工艺也了得，而且还是古董。再加上雄虎，一共是……”标本师说了一个数。

亨利暗自咋舌。按这个价格，要是老虎有轮子，就相当于一辆跑车了。

“那猎豹呢？”

标本师又查了查那个笔记本。“那个卖……”标本师又说了一个数。

这次是两个轮子的：一辆时尚、动力强劲的摩托车。

亨利又看了看其他动物。

“真是令人着迷。很庆幸我今天过来了，但我不想打扰你太久。”

“等一下。”

亨利僵在那里。他心想是不是所有动物都紧张了起来。

“什么事？”

“我需要你的帮助。”标本师说道。

“哦，对，我的帮助。你在信中提到过。你想让我怎么帮你呢？”

亨利心想标本师是不是想给他一个商业提案。他自己在各处投资了一些小钱，基本上都是不景气的企业。难道他要给一个动物标本店投资了？他觉得这想法还蛮有意思，其实他挺喜欢跟这些动物待在一起的感觉。

“请到我的工作室来。”标本师边说边用他那宽大的手指了指侧门。刚才他去拿亨利的书时，就是从那里穿过去的。那手势带着命令的意味。

“好。”亨利说着穿过了侧门。

工作室比陈列室小，但光线比较亮。一扇双开门后面的墙上，开了一个格子窗户，有自然光射进来。空气中弥漫着一股淡淡的化学药剂的味道。亨利很快就注意到房间里有一个很大很深的水槽，一个架子上摆了一排书，几张坚固的工作桌与长台，还有就是标本制作业的材料：一罐罐的化学用品、一瓶瓶胶水、一盒短铁棒、一个装满棉球的大纸箱、线圈和铁丝圈、一个大塑料包里装满沉甸甸的黏土，还有好多木板，厚的薄的都有。桌子上整整齐齐摆了很多工具：外科手术刀、刀子和剪子、钳子和拔钉钳、一盒盒的大头钉、钉子、量尺、锤子和木槌、木锯和钢锯、一把锉刀、一把凿子、一个夹钳、塑模工具，还有小型画笔。墙上挂着一根链子，尾端有个钩子。同样，这里也有动物，架子上、地板上都有，虽说数量跟陈列室里的是没法儿比，而且有些完全被肢解了，只剩一堆皮或是一坨羽毛，其余是一些半成品。工作台上放着一个大鸟状的圆形动物模型，用木头、电线和棉球制成，还没完工。目前标本师好像正在弄一个鹿头标本，皮肤还没有完全贴在玻璃纤维模型头上，嘴还是一个大洞，既没舌头，也没牙，露出了黄色的玻璃纤维下颌，眼睛也发出同样的黄光，看起来很是诡异，极不自然，就像一个鹿版的弗兰肯斯坦。

门对面的角落里放了一张桌子。亨利看到桌上有一本字典，还有一台老式电动打字机——很显然，标本师对现代科技不感冒——当然桌子上还有纸张和其他一些东西。桌子旁边有一把木椅。标本师坐在上面。

“请。”他指着桌子前面的一条普普通通的凳子示意亨利坐下，这也是整个房间里除了那把椅子外唯一能坐的地方了。这之后，他便不再管亨利坐得是不是舒服，而是从抽屉里拿出一台卡式录音机，放到桌子上，按了一下倒带键。亨利坐下来，听到磁带发出呼呼的倒带声，还卡了一下，紧绷了一会儿，倒带键弹了起来。标本师按下播放键，说道：“仔细听。”

一开始，亨利只能听到一阵沙沙声，就是旧磁带摩擦老磁头时的那种声音。接着出现了另一种声音，一开始很远，然后越来越清晰，一波一波地袭来。那是一种集体咆哮，很是吵闹。这个声音持续了大概几秒钟，突然之间，一声清晰的号叫爆发而出，把之前的声音全都淹没掉了。那声音洪亮持续，强健粗野，音量不断增大，直至狂怒的程度，绵延不断，令人生畏，听起来像是有人睡醒了，伸伸懒腰，发出一声狂啸，但此人必定是超人——尼姆罗德、提坦、赫拉克勒斯。音色有点低沉厚重，却洪亮有力。这种声音亨利之前从来没有听到过。这声音表达的是一种怎样的情绪呢？恐惧？愤怒？哀恸？他说不好。

伊拉兹马斯好像知道点什么。一听到那咆哮声，他的耳朵便竖了起来，全身紧绷。亨利想，这完全是因为好奇吧。但他好像全身都在发抖。号叫声响起来时，他突然开始狂吠，跟那声音一样恐惧愤怒。亨利弯下身，把伊拉兹马斯抱起来搂在胸口想要让他安静下来。

"不好意思，"他对标本师说道，"我很快回来。"他匆匆走到陈列室，把伊拉兹马斯拴在了收银台边，对小狗说了声"嘘！"，然后回到了店内。

他坐回到凳子上，指着录音机问道："那是什么声音？"

"那是维吉尔。"标本师答道。

"谁？"

"它们两个都在这儿。"

标本师点头示意。桌子前面靠墙的地方，站着一头驴的标本，而驴身上又坐了一只猴子。

“碧翠丝与维吉尔？你寄给我的那个小剧本里面的碧翠丝与维吉尔？”亨利问道。

“嗯。它们以前是活着的。”

“剧本是你写的？”

“嗯。我寄给你的那个是开场。”

“两个主角是**动物**？”

“没错，就像你的小说那样。碧翠丝是一头驴子，维吉尔是一只猴子。”

这么说，那剧本还**真是**他写的。一个以两只动物为主角的剧本，一段关于一只梨的冗长对话。亨利有点吃惊，看标本师的样子，他满以为他喜欢的表现方式是现实主义。很显然，他错看了他。亨利看了看身边的两位剧中角色，它们相当的惟妙惟肖。

“为什么是一只猴子和一头驴子呢？”他问道。

“吼猴是一支科研队在玻利维亚抓到的，在运输过程中死掉了。驴子来自宠物乐园，被一辆送货卡车撞死了。本来有个教堂考虑要用它来做耶稣诞生布景的。它们正好同一天到了我店里。那时候我还从没制作过驴子和吼猴。但是教堂那边变了卦，科研队也决定不要吼猴了，押金和动物我都留了下来。它们正好同一天被抛弃，于是，在我心里，它们就成一体的了。我把它们制成标本，但从没摆出去过，也不卖。它们在那儿已经有差不多三十年了。维吉尔与碧翠丝——带领我穿越地狱的向导。”

地狱？什么地狱？亨利思忖着。不过现在他至少明白了这名字跟《神曲》的联系了。《神曲》中，引导但丁穿过地狱和炼狱的正是维吉尔，而碧翠丝则带领他遨游天堂。对于一个有着文学抱负的动物标本师来说，还有什么比从日常生活中取材、构建角色来得更自然呢？所以他当然会让动物来说话了。

亨利注意到两只动物旁边的墙上用胶带贴了三张纸，每张上面都有字，并且加上了边框：

> 各位市民！
>
> 一种猴子，体型庞大，性情乖戾。
>
> 不管是眼睛、声音、尾巴，还是步态，
>
> 全都透着狡猾性情。生命力顽强。
>
> 特征是反社会行为。
>
> 丑陋。

小心提防！

大型卷尾猴

下颌怪异，总是试图通过络腮胡遮挡。

步履缓慢，身形笨重。

面容阴沉。声音不堪。

不值得信任。

注意！

一种猴子，体型庞大，面部呈黑色

下巴蓄有胡子。身体厚重。

尾长，顶端无毛。

行动迟缓谨慎。

叫声有力刺耳，令人难以忍受。

性情讨厌。

多不老实。

“这些都是剧本的一部分吗？”亨利问道。

“嗯。这些都是海报。有一场戏，碧翠丝讲话的时候，这些海报会被投射到后面墙上。”

亨利又看了一遍海报。“看来那猴子不怎么受欢迎啊，是吧？”他问。

“嗯，一点也不受欢迎。”标本师回答道，“我给你看看那场戏。”

他开始翻桌上那堆纸，毫不迟疑地默认亨利答应看了。亨利倒也不介意。并非出于礼貌而纵容这位标本师，他本就对剧本很感兴趣。

“找到了。”

亨利伸出手准备拿那些纸。标本师则清了清嗓子，任由他的手晾在半空中。亨利意识到他是想把那场戏大声读给他听。盯着那些文字看了一会儿之后，标本师开始读了：

维吉尔：要不我们找点东西吃吧？我找到了一根香蕉。说不定还能找到别的什么呢。

碧翠丝：好主意。

维吉尔：我们四处找找。你去那边，我往这边，几分钟以后回来集合。

碧翠丝：（犹豫）好吧。

亨利心想又是食物。先是梨，现在又是香蕉。这人满脑子都是吃的。

（维吉尔蹦蹦跳跳地跑到了右边，碧翠丝嘚嘚地到了左边。过了一小会儿。碧翠丝先回来。她看上去忧心忡忡。她检查了一下树，确定跟之前一样，她没走错地方。）

碧翠丝：（望向右边）维吉尔。**维——吉——尔**！

（没有回应。）

碧翠丝：（望向左边）**维吉尔，你在哪里**？

（没有回应。碧翠丝看起来很痛苦。她没办法，只好等待。她焦急不安。漫长的停顿。）

碧翠丝：（朝向右边）**维——吉——尔**！（朝向左边）**维——吉——尔**！

（还是没有回应。）

碧翠丝：（假装跟某人讲话）不好意思，请问你看到……嗯，没错，一只红色吼猴……没错，没错，跟你在海报上看到的描述一样，但那些海报都是骗人的……不对，我跟你说，他是最可爱、最善良、最高贵的动物……没错，你要是非得分门别类弄清楚的话，是Alouatta seniculus sara（红吼猴）没错，但我问你，这些科学都是谁发明的呀？这些术语有什么意义？

而且它们真的重要吗？那些术语全是胡说八道，胡言乱语。

标本师停下来说道："就是这会儿，投影仪会被打开，那些海报就会并排以大写字母的形式显示在后面墙上。"

他回到剧本接着读。他的声音平缓不带感情，吐字也很轻松。根据角色不同，他的语调也不尽相同。驴子碧翠丝声音就比较柔和，而猴子维吉尔则更加夸张动感。亨利发现自己听的时候，都意识不到是标本师在读。

碧翠丝：（仍然在跟想象中的角色对话）我读到过很多愤怒言辞，躲都躲不开。海报、报刊文章、小册子、书籍——它们的流毒已经侵入人们的内心和脑袋，继而从它们的舌尖吐出。然而这些根本就不是事实，现实也不是那样。我们所说的这只红吼猴——他是有名字的，他叫维吉尔。维吉尔是我见过的最帅气的动物。他——

标本师再次停下来抬头看着亨利。他看起来有点犹豫。"呃，你会怎么描述维吉尔呢？在你看来，他长什么样？"他突然起身，朝一个工作台走去，拿过来一盏光线很强的灯。"我这儿有灯。"他果决地说道。他把灯放到桌上，光照着猴子，然后他就等在那里。

亨利过了好一会儿才明白他是认真的。他是真的想要亨利来描述一下标本猴子。亨利很惊奇地意识到：**这就是他要的帮助**。他不要他的鼓励，不要他的坦白，也不要他的人脉。他想要的是文字上的帮助。要是标本师之前在信里就提到了这点的话，亨利是不会答应的，就像这么多年来各种各样的代写委托他都没答应一样。但是此情此景，站在剧中角色旁边，亨利一时冲动，内心有种什么东西醒了过来，想要直面挑战。

"在我看来他长什么样？"亨利问道。标本师点了点头。亨利倾身靠近那只动物，或者说，靠近维吉尔（既然他有名字）。他感觉自己像是一个正要给病人检查身体的医生。他注意到维吉尔并不是像另一个房间里那只孔雀坐在河马身上那样坐在碧翠丝身上，孔雀和河马是因为没桌子图方便，而维吉尔是很自然地嵌在碧翠丝身上的。他的臀部，两条腿，还有一只伸出来的胳膊跟她的背部线条完美贴合。他长长的尾巴末梢蜷曲，舒服地藏在背部侧面，看起来就好像他随便找了个地方固定下来，以防碧翠丝突然动起来。他的另一只胳膊搭在弯曲的膝盖上，掌心向上张开，相当放松。维吉尔张着嘴巴，碧翠丝则微微侧头，耳朵竖立。他在说着什么，而她则在听……

亨利想了一会儿，然后开始说："我既没提前准备也没想太多，最先想到的就是维吉尔身形跟一只小狗差不多，这点挺招人喜欢的，既不会太笨重也不会过小。我得说他的头很漂亮，鼻子短短的，红褐色的眼睛闪闪发光，黑色的耳朵小小的，还有一张清晰的黑色面庞，事实上，不光是黑色，应该说是一张清晰的蓝黑色面庞，以及浓密优雅的络腮胡。"

"很好，"标本师说道，"比我写的要好多了，请继续。"他拿起一支笔，把亨利刚刚说的记了下来。

"我还会说，"亨利继续道，"维吉尔身材健美强壮，四肢又长又漂亮，既灵活又强健——它们**看上去**灵活强健——末梢不是有个强有力的前爪就是善抓握的脚掌。窄窄的手掌上手指修长，脚趾也一样。"

"嗯，没错，"标本师插嘴道，"维吉尔会弹钢琴。弹得还蛮不错。他可以独立弹奏勃拉姆斯的《匈牙利舞曲》。到最后收场的时候，他会蜷起尾巴画龙点睛地敲下最后一个音符，然后博得满堂喝彩。你看看他手上和脚上的那些纹路。"

亨利看了看，继续道："我得说，他手脚上的纹路都是黑色的，布满"——他停下来，换了个角度观察，好捕捉到光影——"布满了金银丝线般的圆圈和旋涡，看起来就像精致无比的银器。”

“说得对极了。”标本师说道。

“他引以为傲的长尾，灵巧如双手，却又握力非凡，犹如蟒蛇缠绕。他的尾巴比整个身体其他部位还要长，也是他的快乐源泉。”

“他的尾巴同样动力十足。他还能用尾巴玩象棋呢。维吉尔——”

亨利抬起一只手想要让标本师停下来。“握力如同蟒蛇缠绕的尾巴，却又灵活敏捷，可以在棋盘上移兵动卒。”

碧翠丝还会注意到其他什么细节呢？亨利思忖。他窥视着维吉尔的嘴巴。

“而且他还有一口好牙——怎么从来没人提过这点呢？还有我每天都注意到的那些细节也没人提过：他的指甲特别可爱，黑黑的，闪着光泽，还微微鼓起，所以他的手指尖和脚趾尖全都闪闪的，就像一滴大大的露珠。”用碧翠丝的口吻讲话，亨利觉得很开心。

“好极了，好极了。”标本师喃喃自语道。他正尽力以最快的速度做着笔记。

“我这还没开始描述他最引人注目的特征呢，他们这个物种之所以叫这名字，一半原因都是因为这个特征，也就是他的皮毛。”亨利轻轻地抚摸着维吉尔的背部。“他的皮毛很柔软、厚实，充满光泽，背部呈砖红色，头部和四肢则带点栗色。阳光下，维吉尔若是正好动来动去，比如说爬树或是在树枝间跳来荡去，而我只能四肢着地站在地面上的时候，他的毛色看起来仿佛闪耀着铜光，即便是最简单的姿势，也充满惬意淡然，让人看得眼花缭乱。”

“这个描述可真算是贴切到家了。”标本师惊呼道。

“这活儿还真‘重要’啊。”传统的描述性工作，将具体现实同语言对号入座，然而亨利自己也很开心。他可是有阵日子没干这种活了。

“那他的叫声呢？”

标本师回到录音机那里，倒带，又放了一遍。一听到那声音，隔壁房间的伊拉兹马斯立马又躁动起来。亨利和标本师都没管他。

“音质不太好。”亨利说道。

“是不怎么好。这是四十多年前在亚马孙河上游的丛林里录的。”

那声音有一种很古老很遥远的特质。但它存活了下来——透过那噼啪声，它还是在那里——但听着那号叫的时候，亨利感觉到的不仅是声音本身，还有其无法封存的时间和距离。

“我不知道。很难用语言描述。”他说道。

标本师又放了一遍录音。这次伊拉兹马斯可是正儿八经地在隔壁房间号叫了起来。

亨利摇了摇头。“我这会儿脑子里什么也想不出来，”他说，“声音比较难描述，而且我的狗让我心烦意乱。”

标本师面无表情地盯着他。他失望了，还是生气了？

“我得等着灵感来，”亨利说道，感到一阵倦意袭来，“我有个主意。我会再琢磨琢磨那号叫声。与此同时，作为交换，你帮我写点关于标本制作的东西。不用想太多，就随便写写你的想法就行。这一直都是个不错的练习写作的方法。”

标本师点了点头，但亨利不确定那是不是意味着同意。

“要不你把你的剧本给我吧，我看看，然后告诉你我的想法。”

标本师的回答很简短：“我不愿意。”亨利能听出他话里的坚决。他的拒绝听起来就像法官的小木槌一槌定音，不许上诉，甚至都不解释一下他为什么不想让亨利把剧本拿走。

“但是你可以把录音机带走，这样你琢磨那声音的时候就可以听了。”

这个亨利可没料到。

“我注意到你刚才在看镶在金柱上的猴子头骨。”标本师继续说道。

“嗯，没错。那头骨很惹眼。”

“那是一个吼猴头骨。”

“是吗?”亨利感觉到一阵恐怖的战栗。

“是的。”

“但不是维吉尔的吧?”

“不是。维吉尔的头骨在维吉尔的脑袋里呢。”

三十分钟后，亨利走出了标本店，旁边的伊拉兹马斯一阵不耐烦。再次走在轻快明朗的阳光下，感觉真好。亨利快赶不上排练了，但他还是走进了小杂货店，问能不能给伊拉兹马斯一碗水喝。柜台后面的男子很热情地答应了。

“拐角那家店还真不一般哪。”亨利说。

“嗯，感觉从恐龙灭绝那会儿，那家店就在那里了。”

“那个人怎么样？那家店的老板。”

“一个疯老头。这片儿没一个人跟他处得来。他来我这儿就两件事，而且只有这两件事：买梨和香蕉，还有就是复印东西。”

“我猜他很喜欢梨和香蕉,而且他自己没有复印机吧。”

“我想应该是吧。我很惊奇他的生意竟然还做得下去。现在还真有人买土豚标本吗?”

亨利没提他小心翼翼放到地板上的包,里面装着那个昂贵的猴子头骨。头骨和玻璃圆罩都包装好了,这样它们就可以安然无恙地到达目的地了。还有那只狼,是不动的那只,不是奔跑的那只,虽然亨利也蛮感兴趣的,但他还是忍住了。

男子看了看他摆在柜台上的录音机。

“这还真是个古董玩意儿啊。上次见这种卡式录音机时,我还是个小孩子呢。”他说。

“古老又可靠的东西。”亨利回答道,他拿起自己的宝贝东西,说了声“谢谢你的水”,便朝门口走去。

在回家的出租车上,伊拉兹马斯瘫在地板上,很快就睡着了。亨利则想着标本师。按照惯常标准来看,他长得不算英俊,属于中等偏下,而且面无表情,让人不知道他在想什么,也不了解他的感觉。但他却有一双深沉的眼睛盯着你看!他一出现,就让人觉得有点窒息,但同时又会感受到某种吸引力。难不成这吸引力其实来自他周围那些玻璃眼动物?奇怪的是,像他这样一个围着动物转的人对眼前一只活生生的小狗却反应平平——说实话，压根儿一点反应都没有。标本师甚至看都没看一眼伊拉兹马斯。

亨利又把他想成是个戴着面具的人。但他已经给了标本师一个任务，叫他写写自己这一行，这样他应该就不至于那么扑朔迷离，让人琢磨不透了吧。亨利回想了一下他这一天。他本来只是想送一张卡片，现在却从獾伽狓标本店买了一大堆东西，而且还答应会再去。

一到家，他就跟萨拉说了。

"我今天遇到了一个无比神奇的人，"他说道，"他是一个老动物标本师。他有一家标本店，你估计都没法儿相信，一个大房间里全是动物标本。巧的是，他也叫亨利。一个怪人，我一点都看不透他。他正在写一个剧本，想让我帮忙。"

"帮什么忙？"她问道。

"我猜应该是帮忙写剧本吧。"

"那剧本是关于什么的？"

"我不太确定。有两个角色，一只猴子，一头驴子。他们对食物很感兴趣。"

"是儿童读物吗？"

"应该不是。事实上，它让我想起了……"但亨利没接着往下说。他不想提那剧本让他想起了什么。"那只猴子不怎么受欢迎。”他转而说道。

萨拉点了点头。“这么说，你连故事讲的是什么都不知道，就稀里糊涂答应跟人家一起写了？”

“应该是吧。”

“呃，你看起来挺兴奋的。这点倒是不错。”萨拉说道。

她说得没错。亨利的脑海里思潮翻滚。

第二天，亨利去图书馆查阅吼猴的背景资料，零零碎碎查到了一些东西，比如说它们属于母系群居动物，居无定所，喜欢在丛林中游荡，以此搜集食物并躲避威胁。晚上，亨利把伊拉兹马斯锁在最远的一个房间里，把录音机放到电脑旁边，又听了一遍吼猴的叫声。他试图从碧翠丝的角度来描述这声音。他要是没记错的话，她当时正一边等维吉尔觅食回来，一边跟一个想象中的角色谈话：

碧翠丝：至于吼猴这个名字由来的另一半原因，对于如此震耳欲聋的声音，该怎么说呢？文字就像冷冰冰、脏兮兮的癞蛤蟆，却想要理解原野上舞蹈的精灵——但我们别无他法。我只能试试了。

号叫，咆哮，怒吼，震耳欲聋的咆哮——这些字眼都没法儿表现真实情况。把这声音跟其他动物的叫声做个比较倒不失为一个不错的办法，但这也只能表现其音量。从音量上来说，吼猴的号叫声超过孔雀、美洲豹、狮子、大猩猩以及大象——而大象已经是身形最大的了，至少在陆地上是这样。在海洋里，我们这个星球有幸拥有的最大动物，重达一百五十多吨的蓝鲸可以发出高达一百八十分贝的叫声，比喷气式飞机的声音还要大，但这声音频率很低，驴子几乎听不见，可能这也是我们之所以把鲸的叫声称为**歌声**的原因吧。但是，公平起见，我们还是得把蓝鲸放在第一位，所以呢，如果让它们站成一排，超大的公象和巨大的蓝鲸之间——令人大跌眼镜——站着维吉尔和他的同类，要是算体重嗓门比的话，毫无疑问，他们才是这个星球上的老大。

要说吼猴的号叫能传多远，只要你愿意，可以没完没了地纠结下去。两英里，三英里，翻山越岭，逆风而行——个同的观察者给出了不同的估计。但是，维吉尔号叫的**本质**，他那种听觉上的特质，在这些估测中都消失不见了。我曾几度听见让我联想到他的声音。有一次我跟维吉尔路过一个养猪场，一群猪正被粗暴地赶出栏圈。它们惊慌失措，骚动不已。当时那个声音——猪群一起哀号的声音，多少让我觉得跟维吉尔的号叫有点相似。

还有一次，我们碰到一辆载得满满当当的小货车，轮轴有段日子没上油了。车的底盘时不时发出一声压抑已久的尖叫，声音很干，轰隆轰隆打雷似的，感觉骨头都要被压碎了，要是把那个声音放大一百倍，跟维吉尔的叫声也有几分类似。

还有，我有一次读到我最喜欢的古典作家阿普列乌斯关于地震的一段描写——“一阵空洞的怒号声”，整个地球自身都陷于危机、悲叹呻吟的那个形象，跟维吉尔的号叫也足够类似。

但说到底，唯有那叫声，那原始纯粹的叫声。耳听为实。

没过几天，亨利就回去见标本师了。占着他的老古董录音机和宝贝磁带，让亨利有点紧张，而且他也很想把刚写的东西拿给标本师看。

亨利还是带了伊拉兹马斯，不过这次把它拴在了外面。见到他，标本师显得既没有开心也没有不开心。亨利觉得很困惑。他来之前有打电话说过他要过来，他们还约好了时间。亨利怀疑自己记错了时间，提前抵达或者迟到了。但标本师好像就是那样一个人，就是那个样子。亨利进来时他系着围裙，正在把一头野猪往店里搬呢。

“要帮忙吗？”亨利问道。

标本师摇了摇头，一言不发。亨利站在原地等着，惊异于那些动物。他很高兴再次来这里。这个房间充满了形容词，就像一部维多利亚时代的小说。

“请进。”标本师的声音从房间后面传来。亨利走进去，发现标本师已经坐在桌子旁边了。亨利又坐到了凳子上，跟个唯唯诺诺的初级文员似的。他把他替碧翠丝写的那段交给标本师。趁他看文章那当儿（他看得很慢），亨利四处打量了一下房间。上次来时看到的鹿头已经完工，但另一个模型，就是圆圆的那个还是没什么进展。至于维吉尔与碧翠丝，他俩仍然在对话中。

“我不喜欢喷气式飞机那段，”标本师开始发话，一点前奏都没有，“养猪场那段我也不太确定。不过我喜欢一群动物这个想法，还有干涩的轮轴，非常好。我可以想象得出来。阿普列乌斯是谁？从没听说过。”

他知道说“请”却不知道说“谢谢”，是因为年纪大了健忘还是能力有限，就是说不出来？

“我在文中也说了，他是一位作家。”亨利答道，“他的名作叫《金驴记》，所以我才想把他用作碧翠丝最喜欢的古典作家。”

他点了点头，但亨利不确定他是同意自己刚刚说的呢还是觉得跟他的个人想法吻合。

“你呢，你这有什么？你有没有写一些关于标本制作的东西？”

标本师点了点头，从桌子上拿起一些纸，盯着看了几秒钟，然后开始大声读给亨利听。

我们已经失去动物了，它们已经离我们而去了。我这里说的不光是城市，大自然中也是一样。你走进大自然，发现它们都不在了，不管是常见的还是不常见的，有三分之二都消失了。没错，有些地方还是能看到好多动物，但这些地方都是禁猎区和保护区、公园、动物园等特殊的地方。那种普通的跟动物的交融已经一去不复返了。

很多人都反对打猎。问题不在我这里。标本制作并不会产生需求；它只是保存结果。要是没有我们的努力，那些消失在它们栖居地的动物将会同样在我们想象的大平原上消失。比如说斑驴，它是普通斑马的一个亚种，现在已经灭绝了。要不是各处的标本展览，这个名称就仅仅是一个单词而已。

制作动物标本有五个步骤：剥皮、加工皮毛、准备模型、整合皮毛和模型以及最后的扫尾工作。要是想弄得细致一点的话，每一步都很耗时。要判断一个标本师是业余的还是专业的，只要看看他有没有超强耐心就行了。哺乳动物的耳朵、眼睛和鼻子得花很长时间处理，这样它们才能和谐平衡，不至于弄成斗鸡眼、塌鼻子，或是耳朵立得不自然，要让动物呈现整体一致的面貌，而动物的整个身体姿态则会根据面部表情相应调整。

我们现在已经不用**"填充动物标本"**这个词了，因为这根本就不是事实。动物标本师手里的动物并不是像一个袋子填满了苔藓、香料、烟叶或者诸如此类的东西。跟其他所有行业一样，务实的科学也影响到了我们。动物要么是"装裱"要么是"处理"，过程都是科学化的。

现如今都不怎么做鱼标本了。这块生意比其他方面消亡得还要快。相机可以比动物标本师更快、更便宜地保存珍爱的猎物，而且主人还可以站在旁边作证。相机对标本制作业影响恶劣，就好像被遗忘的相册真的就比挂在墙上的真东西要好似的。

动物园淘汰了的动物才落入我们手中。猎人和设陷阱捕猎者显然也是我们的动物的来源。此时，供货者同时也是顾客。有些动物到我们这儿时就已经死了，死于疾病或是遇到了天敌；还有些死在了马路上。作为食品加工行业的副产品，猪、牛、鸵鸟还有其他类似动物的皮毛和骨骼都到了我们这里，还有就是一些颇具异域风情的生客：比如说我的獾㹢狓。

剥皮可以说是标本师要做到完美的第一道工序。这一步要是做不好，后面是要付出代价的，就像历史学家收集证据一样，这一阶段出任何差错，后期就可能会没法儿修复了。比如说，假如鸟儿尾羽的皮下结构被切除了，要想让它看起来仪态自然难度就会大很多。我得提醒你一点，可能有些动物到我这儿的时候就已经有损伤了，不管它们是被猎杀的，被动物园里其他动物咬死的，还是被车撞死的。它们身上的血、土还有其他脏东西都可以处理，只要不是太离谱，损伤的皮肤和羽毛也可以修复，但我们也不是万能的。用历史学家的话来说，有可能证据破坏太严重，导致没法儿正确解读历史事件。

剥好皮以后，得做一个模型来支撑。框架填料都随便用，而且确实也是什么都用过了。有一种轻木用来做模型再好不过了。要是标本要求精致点的，可以用一种金属支架，在周围糊上黏土制作模型，或分成数块再用玻璃纤维或是聚氨酯浇筑，这样，一个既轻便又结实的模型就诞生了。

缝合线的颜色必须得跟动物毛皮的颜色搭配。针脚要紧致细密，小心从两边拉取等量毛皮缝合，以确保拉紧的部分对称。常用的是八字针脚法，因为它可以把皮肤的边缘缝在一起，而且不会凸起。亚麻线既结实又不会腐烂，是最好的选择。

给装裱好的动物装头骨的一大好处就是可以让它张嘴露齿。否则，要是弄一个模型头的话，嘴巴必须得缝上，要么就得弄个假的，牙龈、牙齿和舌头都是人工做的。舌头是最难弄好的地方，不管我们怎么努力，舌头总是要么奄奄一息，要么过分生动。一般说来，让动物闭上嘴巴倒不是什么问题——但那些咆哮的老虎，还有龇牙咧嘴的鳄鱼该怎么办呢？它们的嘴巴可是极富表现力的啊。

动物的姿态至关重要，至少对哺乳动物和鸟类来说是这样。静立、潜行、跳跃、紧绷、放松、侧躺、展翅、敛羽等动作必须在早期就决定好，因为这会影响到模型的制作，跟动物的表情也关系重大。一般来说纠结点在于选戏剧夸张型的呢，还是选中性正常型的；是选运动的呢，还是静止的。选择不同，感觉也就不同，前者有一种捕捉生命的感觉，后者则给人一种等待之感。从中可以看出两种动物标本的不同理念：在第一种情况中，动物充满生机，拒绝死亡，宣称停止的不过是时间。而第二种情况中，死亡的事实被接受，动物只是单纯在等待时间的终结。

一只玻璃眼动物，身体僵硬，目光呆滞，极不自然地站在那里，而另一只则充溢着生命力，好像随时准备一跃而起，两者的差别一望便知，但这差别却取决于最细小、最特别的细节。动物标本成功的关键之处就在于精细，做得是否精细，结果很明显。

动物栖居环境或是实景模型的设计安排也要费心考虑，就跟舞台上演员的走位一样。只要专业人士出手，弄得好的话，效果是很好的，就跟真的可以一窥大自然似的。看看河边那只卧着的动物，草地上嬉戏的幼兽，还有那只倒挂金钩的长臂猿——就好像一直以来什么都没发生，它们又都活了过来一样。

做不好可没什么借口。因为蹩脚的标本工作，把动物给毁了，就相当于把我们唯一的真正施展技艺的画布给没收了，这也会让我们变得失意、冷漠、茫然。

过去，每户正经人家都会用一个装裱动物，或是一个鸟类标本来装点客厅。森林一点点退去，这些屋子里的鸟兽便成了森林的代表。现在这行已经不行了，不光是标本收集，标本保存也不行了。现如今客厅里都了无生趣，森林也一片沉寂。

动物标本制作有野蛮未开化的感觉吗？我一点也不觉得。要是谁非得说它野蛮的话，那他肯定是从不了解死亡，从没进过肉铺的后堂，从没看过医院的手术台，也从没见过殡仪馆的工作间。生与死在同一个地方起源，也在同一个地方消失，那就是身体。婴儿和癌症同生于此。所以说，无视死亡便是无视生命。现在对我来说，田野的气味跟动物尸骨的气味我都不介意，它们都是自然的气味，都有其独特的吸引人的地方。

而且我再重申一遍：我们并不产生需求，我们只是保存结果罢了。我这辈子从来没打过猎，而且无意于此道。我绝不会伤害动物，它们是我的朋友。我处理那些动物的时候，有一点一直很清楚，那就是无论我做什么，都不会改变它们生命的状态，因为那已经是过去时了。我的工作实际上是从死亡中萃取精华，凝练记忆。从这一点上来说，我跟历史学家其实没任何不同。历史学家分析过去的材料证据，以期重构并理解过去。我所制作过的每一只动物都是对过去的诠释。我是个历史学家，我关心的是动物的过去；动物园管理员是政治家，关心的是动物的现在；其他所有人都是公民，动物的未来取决于他们。所以说，我们这儿的事情，可远比从某个叔叔那里继承到一个满是灰尘的填充鸭子要重要得多。

我还得说一下近年来发展起来的一种叫作艺术标本制作的东西。艺术标本制作师不再模仿大自然，而是创造新的、不存在的物种。他们——也就是艺术家型动物标本师——把一个动物的这部分安到另一个动物的那部分身上，所以羊头可能配狗身，兔子头安在小鸡身上，牛头接在鸵鸟身上，等等。组合千变万化，无穷无尽，而且经常令人毛骨悚然，有时还会让人不舒服。我不知道他们这是想干吗，但很显然，他们不再探索动物本性了。我倒觉得他们是在探索人性，而且多半是极度扭曲的人性。我得说我看不惯这个，跟我所接受的训练完全背道而驰，但那又怎样呢？先不说这个有多怪异，它好歹也算是延续了人类与动物的对话，而且肯定对有些人还是有好处的。

昆虫是标本制作的永恒敌人，在制作的每一个阶段，都要将其剿灭根除。其他敌人还包括尘土和过度日晒。

但是，标本制作业以及动物的最大敌人是冷漠。大多数人的冷漠，加上少数人的极端仇恨，封死了动物的命运之门。

我是因为作家古斯塔夫·福楼拜才成为动物标本师的。他的《圣朱利安传奇》给了我灵感。我处理的第一个动物是一只老鼠，然后是一只鸽子，跟朱利安最先杀的一样。我就是想知道一旦事情到了不可挽回的地步，还有没有什么东西可以补救得回来。这也是我成为动物标本师的原因：为了见证。

标本师把目光从纸上移开，抬头看了看亨利，说道："接下来是一张清单，配有各个博物馆著名展品的简要介绍，有单一动物，也有实景模型。"

"这个先放放，"亨利说道，"我有点渴。能给我点水喝吗？"

"水槽边有杯子。"

亨利走过去，洗了个杯子，装满水然后喝了下去。水槽下面有个桶，装着蓝色的化学溶液，里面泡了副兔子骨架。店里特别干，亨利嗓子都冒烟了，喝了好几杯水。而且他也有点饿了。

亨利想了想标本师刚刚读给他听的文字。自己读和听别人读是两种完全不同的感觉。自己的意识没办法控制要处理什么文字，也不能按照自己的节奏，只能跟着人家的步调，就像戴着脚镣的犯人，所以亨利发现自己的注意力和理解力全都有所变化。这段关于标本制作的文字还是蛮有趣的，但不够个人化。关于标本师本人，他还是一无所知。

亨利想起一位教创意写作的朋友的建议，她曾经说过："一个好的故事起源于三个好的单词。看学生交上来的作品时，你首先要做的，就是找到那三个单词。"这个应该不难。很显然，很久以前，标本师在学校的时候就学过并掌握了散文写作的精髓。亨利认为标本师的文章主题怪异而非平淡，内容是讲标本制作而非财政规划也利于赢得听众的注意力，至少这点对他是管用的。

杯子从亨利手中滑落，在地板上摔得粉碎。"不好意思，我手滑了一下。"

"没关系。"标本师回答道，一脸漠然。

亨利四处张望着寻找扫帚和簸箕。

"别管那个了，别管那个了。"

亨利猜想，作为一个手艺人，标本师很现实，打碎杯子、收拾卫生这种小事他才不会介怀呢。亨利走回到桌旁，重新坐回到凳子上，脚下的玻璃碴儿咔嗞作响。

“你写得挺不错的。”他对标本师说道。亨利又暗自思忖，这个人是单纯想要听表扬呢还是想要真正的评论？“可能有点重复和不连贯，但行文清晰，内容丰富。”

标本师一言不发，就那么面无表情地看着亨利。

“我注意到你的文章中第一人称代词‘我’慢慢用得多了起来。第一人称叙述很好。你需要坚持扎根于个人经历，不要迷失于概括中。”

标本师还是一言不发。

“你行文流畅，剧本肯定写得挺顺利的吧。”

“没有。”

“为什么？”

“我卡住了。就是写不下去。”标本师对他的创作瓶颈坦言相告，一点没有受挫的感觉。

“你初稿写完了吗？”

“写了很多次了。”

“这剧本你写了多久了？”

“我这一辈子都在弄这个。”

标本师从桌子旁边站起身，走向水槽，脚下的玻璃碴儿**咔嚓**作响。他从柜台下的一个架子上拿出一把刷子和一个簸箕，把地扫干净，然后又拿起一副橡胶手套戴上，俯身站在水槽边。沉默对他没有任何影响。亨利观察着他，过了一会儿，开始从另一个角度来看待他。他年事已高，却还要弯着腰站在水槽边干活。他有妻子吗？有孩子吗？他没戴戒指，但这有可能是因为工作原因。难道是个鳏夫？亨利从侧面观察着他的脸，面无表情背后藏着什么？孤独？忧虑？怀才不遇？

标本师直起身，巨大的双手抓着那副兔子骨架。骨架现在还是一个整体，各处骨头互相连接，非常白，看起来脆弱易碎。他把它翻过来，小心查看，那样子就像抱着个小婴儿似的。

一辈子只写一个故事，亨利想，就跟迪·兰佩杜萨和他的《豹》一样。除了那些从没想过要青史留名的迷糊蛋，创作瓶颈对其他人来说可不是开玩笑的。被否定的不光是你的某种努力、某项工作，而是你这个人的整个存在。它是你内心深处某个小小神灵的死亡，而你之前还一直觉得这个神灵是不朽的呢。遇到创作瓶颈时，陪伴你的只有——亨利四下看了看工作间——只有死的毛皮。

标本师打开水龙头，用小股水流轻轻地洗了洗那副骨架，然后甩了甩，放到水槽旁边的柜台上。

“为什么要用猴子和驴子呢？上次你跟我讲过它们俩的来历了。”亨利伸出手，摸了摸驴子，很惊奇地发现皮毛很有弹性，也很蓬松。“但是为什么要特别用这两只动物来作为你故事的角色呢？”

“因为一般都觉得猴子聪明灵活，驴子倔强勤劳。动物要想生存，必须要具备这些特点。这会让它们更能随机应变，可以适应情况变化。”

“我明白了。再跟我说说你的剧本吧。那场梨的戏结束之后发生了什么？”

“我读给你听。”

他摘下手套，在腰间围裙上擦了擦手，回到桌旁，在一堆纸中翻找着。

“找到了。”他说道。标本师再次开始大声朗读，包括舞台指示及其他所有内容：

碧翠丝：（伤心状）真希望你能有个梨。

维吉尔：我要是有梨，肯定给你。

（沉默。）

“开场就到这里，”他说道，“碧翠丝这辈子从来都没吃过梨，甚至也没见过梨长什么样，维吉尔试着给她描述。”

“嗯，我记得的。”

他继续念道：

碧翠丝：天气真不错啊。

维吉尔：特别暖和。

碧翠丝：而且阳光明媚。

（停顿。）

碧翠丝：我们做点什么呢？

维吉尔：我们能做什么？

碧翠丝：（看向前面大路）我们可以往前走。

维吉尔：我们之前已经走过了，事情不还是一样。

碧翠丝：说不定这次就不一样了呢。

维吉尔：也许吧。

（他们动都没动。）

维吉尔：我们可以单纯说说话。

碧翠丝：说话救不了我们。

维吉尔：但说话总比沉默好啊。

（沉默。）

碧翠丝：是比沉默要好。

维吉尔：我在考虑信仰的问题。

碧翠丝：是吗？

维吉尔：在我看来，信仰就好像太阳。站在太阳下，你能避免产生影子吗？你能把那块黑色区域甩掉吗？它死缠着你，跟你长得又像，就好像时时刻刻在提醒你。你不能！那影子就是怀疑。只要你还站在太阳下，它就会一刻不离地跟着你。而谁不想站在太阳下呢？

碧翠丝：但是太阳已经没了，维吉尔，没了！（她的眼泪掉了下来，开始大声抽泣。）

维吉尔：（抚摸着她的肩膀安慰她）碧翠丝，碧翠丝。（但维吉尔也失去了冷静，开始不由自主地哭泣起来。这两只动物放声痛哭了几分钟。）

他停了下来。亨利觉得他那不紧不慢、面无表情的阅读风格还真挺有效。他举起双手，开始轻轻地鼓起掌来。

“好极了，”他说道，“我很喜欢太阳跟信仰的类比。”

标本师轻轻点了点头。

“还有维吉尔说说话要比沉默好时，紧接着就是一段沉默，而且是被碧翠丝说‘是比沉默要好’打破的，我能想象，这在舞台上表演效果肯定很好。”

再一次，没有什么明确的反应。亨利心想，这点我得适应。他可能是害羞吧。

“突如其来的黑暗——碧翠丝哭起来那段——跟开场明朗的基调也是个不错的对比。顺便问一下，这个剧的故事背景是哪里？我没看出来。”

“第一页上面就有。”

“嗯，我知道，它们应该是在某个公园或是森林里。”

“不是那个，在那之前。”

“那之前什么也没有。”

“我还以为我印了那张呢。”标本师说道。

他给了亨利三张纸。第一张上写着：

一件20世纪的衬衫

两幕剧

第二张：

维吉尔：一只红毛吼猴

碧翠丝：一头驴子

一个男孩和他的两个朋友

第三张：

一条乡村小路。一棵树。

傍晚。

衬衫国，腰背省。

此国度一如其他，与帽子国、手套国、夹克国、大衣国、裤子国、袜子国、靴子国等接壤，这些国家中，有比它大的，也有比它小的。

“故事的发生地是件大衬衫？”亨利疑惑地问道。

“没错，在衬衫的背面。”

“呃，那就要么碧翠丝和维吉尔比面包屑还小，要么就是衬衫超大。”

“衬衫超大的。”

“然后这两只动物就在衬衫上活动？而且还有条乡村小路，有一棵树？”

“还有其他东西。这是一个象征。”

亨利真希望是他先说了这句。“是的，很显然是个象征。但象征**什么**呢？读者必须得意识到象征代表着什么。”

“美利坚合众国、欧罗巴合众衣、非洲鞋盟、亚洲帽协——名字都是随意的。我们把地球分成好几份，给大陆命名，绘制地图，然后就把这里当自己家了。”

“你这剧本算是儿童读物吗？难道我之前理解错了？”

“不，当然不是。你的小说是儿童读物吗？”

标本师直勾勾地盯着亨利，因为他经常这样，所以亨利一点也听不出他语气里的讽刺。

“不，不是儿童读物。我的小说是给成年人看的。”他回答道。

“我的剧本也一样。”

“虽说角色和背景如此，它还是成人读物？”

“**就是因为**角色和背景如此，它才是成人读物。”

“你的意思我懂，但我还是要问一下，为什么要用一件衬衫呢？这里的象征主义体现在哪里？”

“每个国家、每个民族都有衬衫。”

“是因为它的普世共鸣意义？”

“嗯。我们每天都穿衬衫。”

“我们都生活在衬衫上，你是这个意思吗？”

“没错。大衣、衬衫、裤子，但也可以是德国、波兰、匈牙利。”

“我明白了。”亨利想了一会儿。“你为什么选这三个国家呢？”他问道。

“哪些国家——大衣、衬衫、裤子吗？”

“不是。是德国、波兰、匈牙利。”

“我脑子里最先想到的就是这三个国家。”标本师回答道。

亨利点了点头。“这么说，这件衬衫——只是个国名喽？”

标本师身体前倾，把他的纸拿了回去，说道：“这儿都写着呢，此国度一如其他，有接壤国，有比它大的，也有比它小的。”

亨利决定试试建设性评论。“我在想，这儿是不是少了点什么东西。讲故事时很重要的一点就是找到一个方法，让你头脑中的东西转移到纸张上。要想让读者明白你的意思，你就得——”

“是一件条纹衬衫。”标本师说，很明显是想打断亨利。

“条纹？”

“没错，竖条纹。太阳下山了。”他在那堆纸里面翻找着，“他们在讲上帝、维吉尔的信仰还有星期几的事情。他们不确定那天是星期几。我把那场读给你听。找到了。”

他又一次开始读：

碧翠丝：好吧，容许你有无神日，要不星期一、星期二、星期三怎么样？然后星期四的时候举棋不定，到星期五、星期六、星期天再重新拥抱神灵，你觉得怎么样？

维吉尔：但是每星期的每一天都有恶魔。

碧翠丝：那是因为我们每星期的每一天都在这里。

维吉尔：我们什么都没做错！不过既然说到这个了，今天是星期几？

碧翠丝：星期六。

维吉尔：我还以为是星期五呢。

碧翠丝：也许是星期天。

维吉尔：我觉得应该是星期二。

碧翠丝：有没有可能是星期一？

维吉尔：说不定是星期三。

碧翠丝：那就肯定是星期四了。

维吉尔：上帝保佑。

（停顿。）

维吉尔：我再也受不了这个了。

碧翠丝：那就别想了。或者只是适度思考，直到你还能有效思考的程度，然后去祈祷。祈祷结束后，再重新去行善事。每星期的每一天也是有好事的。

维吉尔：我不能祈祷。今天肯定是星期二，是我的无神日。

碧翠丝：那我们就星期五再来谈上帝吧。在这之前你就这么想：可能上帝保持沉默，是为了要更好地倾听我们。

（沉默。）

维吉尔：（心不在焉地闻着空气）你怎么会知道那么多香蕉的事？我才应该是这方面的专家啊。（再次闻了闻空气。）

他抬起头："开场里面，为了描述梨，他们提到了香蕉。碧翠丝很懂香蕉，但这儿的重点是维吉尔在闻空气。"

亨利点了点头，标本师继续读道：

维吉尔：……我才应该是香蕉专家。（他再次闻了闻空气。）

碧翠丝：但我也喜欢香蕉。香蕉很好吃。

维吉尔：跟咖啡一样好。

碧翠丝：跟蛋糕一样好。

"他们正忍饥挨饿。"他解释道。

维吉尔：（更迫切地闻着空气，然后悄悄说道）有风来了。

碧翠丝：（点头同意，深吸一口气）而且景色真漂亮呀。

（两只动物站在那里，维吉尔靠在碧翠丝身上，鼻孔张开，耳朵抽动，眼睛睁得大大的。

天光将尽。大地和树干被夕阳染成红色。一阵风儿扫过大地，如骑兵最最温柔的冲锋。风中带着香气，夹杂着泥土、根须、花儿、干草、田野、森林、烟雾、动物的气味，但因其远道而来，也夹杂着广袤、滋润、洞穴的气息。那是一阵美妙之风，兴奋之风，奉献之风。御风而来的是大自然的全部讯息。

在一个一马平川、毫无特色的省份，一个万里无云、天朗气清的日落时分，衬衫利用一条简简单单的小路，就骗得两只小动物爬上一座小山，丢掉眼罩，眼前的风景便像慈善家的钱包一样一览无遗。

首先是一片无人打理的绿地，他们两个就站在绿地边缘靠公路的这一侧。附近的灌木树丛很漂亮，叶子茂密浓郁、闪闪发亮，印在地上的影子，被橘色的阳光拉得老长。绿地紧挨着一片郁郁葱葱的牧场。过了牧场，有一片耕地，犁沟印在肥沃的褐土上，好像厚实的灯芯绒布料。远处还有大片土地，连绵起伏、一望无际。有些山丘上还有蔓生的树林；有的田野长满绿油油的草，可供放牧牛羊；有些则是休耕地，但大部分都犁过了，露出泥土那种光亮的矿物质感，太阳一照，整个大地宛如波光粼粼的海洋。这些连绵不绝的犁沟就像波浪一样，充溢其中的是大地上的浮游生物——细菌、真菌、螨虫、各种蠕虫和昆虫，而在其中奔来跑去、蹦蹦跳跳的则是大地上的鱼类——老鼠、鼹鼠、田鼠、鼩鼱、兔子和其他动物，永远都在戒备狐狸这个陆上鲨鱼的攻击。盘旋在上空的鸟儿唧唧喳喳，尖声鸣叫，兴奋得就像大海上空的海鸥，下方有丰富的资源，它们只消翅膀一张，便可将其收入囊中，这可不是光说不练的。维吉尔和碧翠丝看到无数的鸟儿拍打着双翅横冲直上，接着骤然下降，然后再次腾空而起，土地里的生命便乱作一团，而这一切——这所有的一切——全都徜徉在风中。

没过多久，光线暗了下来，色彩深了起来，暗夜开始降临大地。虽说风儿仍在一如既往地继续交易，以孢子换气味，但此时衬衫仿佛画上了无边无际的蓝灰色条纹，横跨南北。）

标本师抬了抬眼，说道："我在想这些条纹不光要投射在后面墙上，还要穿过舞台，射到观众身上，整个剧场都要浸在蓝灰色条纹中。"

"那些景色怎么弄？"

“那个同样也要投射到墙上，就像关于维吉尔的海报那样。到时候舞台上除了侧边有棵树，其他地方都空荡荡的。最突出的特征应该就是那堵巨大的后墙了，可能会是弯弯曲曲的，就像实景模型的墙一样。”

“那阵风呢？”

“用扬声器。现在的音响系统特别神奇。我那段关于风的描述只是为了给音效师一个概念。我想象，维吉尔和碧翠丝应该一动不动地站在那里，可以清晰地听到那柔和馥郁的风，风声足足持续了一两分钟。这之后，那幕景色便呈现出来，再之后就是那些条纹。”

他又回到了自己的文本：

维吉尔：你看见那些条纹了吗？（借着微弱的光线，指着蓝灰色条纹）那边，还有那边，全都是。

碧翠丝：我之前从没见过这些条纹。

维吉尔：我也没见过。

碧翠丝：我以前还觉得必须得站在领子的山顶上才能看见呢。

“领子是另一片地域的名字。”标本师告诉亨利。

“嗯，这我知道。”

维吉尔：肯定是被云雾挡住了。

碧翠丝：我不确定它们是不是真的存在。

维吉尔：那些条纹在发光。

碧翠丝：就像夜空中的水族馆一样闪闪发亮。

维吉尔：就像真理一样闪闪发亮。

（停顿。）

维吉尔：（垂头丧气，双手托腮）我们都受过那种罪了，怎么可以还有这么漂亮的东西？简直是不可理喻。简直是侮辱。（他一只脚跺了跺地面。）哦，碧翠丝，有一天，等这些都结束了，我们怎么跟人家讲我们经历的这些事情呢？

（停顿。）

碧翠丝：我不知道。

（维吉尔放开碧翠丝的腿，四肢着地趴伏着，开始号叫。那些风景和舞台渐渐暗淡下去，只留下维吉尔嘹亮的叫声宣泄着他的愤怒。）

“接着便是维吉尔的号叫声，一开始就只有他自己，后来其他吼猴也会加入，通过音响系统来完成。我想要一个绝妙但又恐怖的号叫交响和声。”

“为什么衬衫上要有条纹呢？为什么这么具体？让我想起了——”

门铃叮当作响。标本师起身朝陈列室走去，什么也没跟亨利说，甚至连个手势都没有。亨利叹了口气，看了看维吉尔和碧翠丝。

“他也老是像这样打断你吗？”他问维吉尔。

亨利想起了福楼拜那个故事里的声音，就在雄鹿走到朱利安面前，正要诅咒他之前。不过故事里肯定是缓缓敲响的钟声而非清脆的铃声。亨利站起身去看刚刚完成的鹿头，听到标本师在另一个房间跟某个人讲话的声音。他走到水槽边又喝了点水，双手握住新杯子，又看了看兔子骨架，仍旧有韧带连着，所以才没散开，那韧带看着就像细细的意大利面。

标本师回来了，解下围裙，简单说了句“我得走了”。

“没关系，正好我也要走了。”

亨利拿起外套。

“你什么时候再来？”标本师问道。

他真是该死的坦率直接，连问问题都是命令，亨利想。

“要不我们一起去动物园吧？我们可以选去哪个。”这座城市共有两座动物园，而亨利很喜欢动物园。从某种意义上来说，那里是他事业起步的地方。“我相信你对活生生的动物肯定很有见地。我花了好几周的时间研究——”

“动物园就是山寨版的野外环境，”亨利在穿外套时，标本师插嘴打断了他，“那儿的动物都退化了。它们让我蒙羞。”

这话让亨利大吃一惊。“呃，动物园确实是妥协的产物，这是肯定的，不过大自然也是如此啊。况且，要是没有动物园，很多人根本看不到真正的——”

“只有工作需要的时候我才去动物园，去看活体标本。”

从标本师的语气里，亨利又听到了法官敲下木槌的声音。标本师做了个清晰的、命令式的手势，引着他走出工作室。

我**一定**要让他屈服，亨利心中暗暗想道。

“在我看来，动物园是野外世界的大使馆，每一只动物都代表它们的物种。无论如何，我们在街头的那家咖啡馆见吧。现在天气这么好，这周日下午两点怎么样？我就那个时候有时间。”说最后这句话的时候，亨利特意让语气强硬一点。

“好吧，周日下午两点钟咖啡馆见。”标本师答应着，语气里没有一点感情色彩。

听到这个，亨利总算松了口气。他们穿过陈列室时，亨利紧紧跟在标本师身后，说道："我有个问题，这个问题我看了你的剧本的开场就想问了，为什么要那么详细地描述一个很普通的水果呢？感觉这个开头挺怪异的。"

"你是怎么说的来着？"标本师回答道，"'文字就像冷冰冰、脏兮兮的癞蛤蟆，却想要理解原野上舞蹈的精灵？'"

"没错，我是用的'精灵'这个词。"

"'但我们别无他法。'"

"'但我们别无他法。'"亨利重复道。

"请，"标本师打开标本店的前门，请亨利出去。"我们无法抓住现实，无法用语言去描述，甚至只是一个简单的梨都不行。时间会吞噬一切。"

就这样，亨利想象着时间吞噬一个梨的画面，离开了标本店。标本师基本上是当着亨利的面摔门上锁，把门框上那个硬纸板从"营业中"转为"休息中"，然后就回到工作室消失不见了。对于他那种近乎粗鲁的不拘小节，亨利倒也不介意。他猜想标本师肯定对谁都这样，并没有针对他个人的意思。

至少伊拉兹马斯看见他挺开心的，小狗上蹿下跳，开心地叫着。

亨利其实还有个问题想问标本师。在衬衫上，并不是只有一只猴子、一头驴子、一棵树、一条乡村小路和一片如画的风景，还有“一个男孩和他的两个朋友”。这么说，那剧中还真是有人了？

到家以后，亨利跟萨拉分享了他和标本师第二次会面的经历。

“他可真是个人物，性情跟只獾一样。他的剧本嘛，我可弄不明白。有两个动物角色——一只猴子和一头驴子——他们住在一件很大的衬衫上。想象色彩挺浓的，但是其中有些元素却让我想起了，呃，想起了大屠杀。”

“大屠杀？你从什么都能看出大屠杀来。”

“我就知道你会这么说。但这次特别明显，比如说，尤其强调条纹衬衫。”

“那又怎样？”

“呃，大屠杀的时候——”

“我知道条纹衬衫跟大屠杀的关系，但是华尔街的资本家也穿条纹衬衫啊，小丑也是。每个人的衣橱里都有件条纹衬衫。”

“也许你说的有道理。”

亨利有点不高兴。萨拉老早之前就对大屠杀失去了兴趣，或者说至少对他关于大屠杀的创意写作失去了兴趣。不过萨拉说错了，并不是他从什么都能看出大屠杀，而是大屠杀跟什么都相关，不光是集中营受害者，也包括资本家，还有其他许多人，说不定甚至还有小丑呢。

那个周六，亨利和萨拉出去给即将出世的宝宝准备行头：婴儿车、摇篮、吊网，还有小衣服——他们买这些东西的整个过程中，脸上始终绽放着笑容。

他们离那家标本店不太远。亨利一时心血来潮，建议过去瞧瞧，萨拉答应了。其实他不应该提议去的，拜访很失败。站在外面的时候，萨拉还说獾伽狓看起来挺不错的，但一进到里面，亨利就看出萨拉不喜欢这个地方。标本师从屋里出来时，她好像都颤抖了一下。亨利带她四处看，给她指出各种细节，想要让她兴奋点，但萨拉的回答都很简短，不管亨利说什么，她都机械地点头同意，而且看起来很紧张。而标本师呢，则怒目而视，只有亨利一个人在说话。

他们还没到家就开始吵架了。

“他在帮我。”亨利说道。

“你说的**帮**你是什么意思？怎么帮？用他骗你买的那个丑陋的猴子头骨帮你吗？那是什么畸形的怪物啊？你的哈

姆雷特的约瑞克[1]头骨吗？”

“我能从他那得到一些想法。”

“当然啰，我都忘了。猴子和驴子的故事，小熊维尼碰上了大屠杀。”

“不是那样的。”

“那男人让人浑身起鸡皮疙瘩！你没看到他看我的眼神吗？”

“你干吗对我大喊大叫？很多人不是都盯着孕妇看吗？而且我跟谁在一起你干吗那么在意啊？我喜欢他的标本店，那里——”

“那里他妈的是个殡仪馆！你天天跟一大堆死填充动物还有一个脏老头混在一起！”

“那你想让我天天去泡吧吗？”

“那不是重点！”

“你就不能不对我喊吗？”

“只有这样你才会听我说！”

就这样，一场争吵大爆发，周围摆满了装满各种婴儿用品的包包。

---

1 约瑞克：约瑞克是莎士比亚名剧《哈姆雷特》中一个死去的宫廷小丑。哈姆雷特看到他的头骨时，曾说出过一段关于死亡的独白。

第二天早上，亨利早早地出门去上音乐课。一连串的事情让他心情大好。先是他的单簧管老师给了他一个意外惊喜，送了个礼物给他。

“这个我不能要。”亨利说道。

“你说的这是什么话呀？这是一个好朋友——我之前的一个学生——给的。他已经有好久没用了，想把它处理掉。它几乎没花我半毛钱。东西要是不用有什么意义呢？”

“那我把它买下来吧。”

“那怎么行！除非我死了。你用它吹出美妙的曲子，就算是报酬了。”

于是亨利就双手抱住了这个世上最最可爱的阿尔伯特式单簧管。

“而且我觉得你可以尝试一些布兰德温[1]的曲子了，”老师接着说，“我们就从今天开始。”

亨利想，说不定我的大黑牛终于开始起飞了。毕竟，他总是在练习。他有两个妙招：一是在公寓里找了个角落，专门用来练习音乐。他立了个谱架，按顺序排好乐谱，清理干净单簧管，还要放一杯温水用来浸泡簧片；二是经常练习，

---

1 布兰德温：犹太单簧管表演家，在犹太音乐界颇有影响。

但每次时间都不长，最多不超过十五分钟。他经常在一些推不掉的约会之前练习，这样，如果他吹得还不错，他会遗憾地停下，并急不可耐地回来继续吹，要是吹得不好的话呢，他就会不得不停止练习，而不至于因失望和恼怒把单簧管扔出窗外。按照这样的安排，他一天能练习三四次。

他有两个忠实的听众：门德尔松和猴子头骨。门德尔松非常有耐心，对他的音乐也很着迷，就是只有小猫才会有的那种着迷；而猴子头骨呢，亨利把它放在壁炉台上。每次他演奏的时候，小猫和猴子那圆圆的眼睛总是盯着他。伊拉兹马斯是只俗狗，只会呻吟号叫，所以亨利只能把他关在另一个房间，他一般都是跟萨拉在一起。

天气也让亨利心情舒适。那天是个星期天，天气一反常态地暖和，宣布着冬日即将被征服的讯息，还真是符合“星期天”这个异教名字啊。关了一冬的门窗，总算是可以敞开了，音乐从中飘然而出，整个城市“倾巢而出”了。亨利早早就到了咖啡馆，在与标本师约会前先简单吃了点午饭。还好他提前到了，店里人很多。他在靠墙边找了张桌子，两把椅子一把在阳光里，另一把在阴凉处。跟往常一样，他还是把伊拉兹马斯带在了身边，不过小狗却没了往日的精神头，只是静静地趴在阴凉处。

标本师是踩着点来的，准时得跟个军人似的。

“阳光，温暖美妙的阳光啊！”亨利张开双臂说道。

“是。”就这么一个字，标本师就算回应他了。

“你想坐哪边？”亨利起身问道，表示不介意挪地方。

标本师一句话没说，坐在了阴凉处的位子上。亨利又坐了回去。离开了他那憋屈的标本店，标本师看起来有点格格不入。就温暖的天气而言，他穿得有点多了。服务员过来的时候，亨利注意到他只问了自己“您想要来点什么？”，而没问标本师。标本师也无视服务员。亨利要了一杯拿铁，一份罂粟籽蛋糕。

“你呢？”亨利问道。

“我要一杯黑咖啡。”标本师盯着桌面看。

服务员什么都没说就离开了。

不管一开始是他先不喜欢他们还是他们先不喜欢他的，反正很显然现如今他们已经是互不喜欢了。不难想象，要是有个什么街区联合会讨论议题，高端雅致的婚纱店老板、干净整洁的珠宝商、久经世故的饭店老板、时尚潮流的咖啡馆老板及其他许多人会站在一边，而这个标本师，这个购进一卡车一卡车动物尸骨的人，这个从来不苟言笑的人则会站在另一边。亨利不知道那些议题是什么，但毫无疑问的是，肯定会有这样的议题。不管是星期天、雨天还是随便哪一天，也不管是什么事，政治无处不在。

"你好吗？"

"好。"

亨利吸了口气，极力压下自己兴高采烈的精神头。标本师这人你要不按他的套路出牌，他就只会跟你说单音节词。有一点亨利很确定：他才不会提昨天跟萨拉的尴尬造访呢。

"我在想，"亨利说，"你在剧本里对维吉尔做了描述。那你也应该描述一下碧翠丝呀。"

"我是要描述的。"

"我这么想是因为我几天前看见了一头驴。"

"你在哪儿看到的？"

"动物园。我自己去的。"

标本师点了点头，不过看起来对此也没什么兴趣。

"我看到那头驴时就想到了你，"亨利继续道，"我仔细观察了一下它。你猜我注意到什么了？"

"什么？"标本师说着从外套胸口内袋里掏出一支笔和一个笔记本。

"我注意到驴子是一种很不错、很可靠的动物，有一种陆生动物的踏实感，这点很吸引人，但同时它的四肢却又相当修长，很是让人惊讶。它坚定却又轻柔地与大地连通，如同一棵桦树。蹄子可爱、圆润又紧致。站着不动的时候，四肢笔直地藏在身体下面。走动的时候，步子又很短促优美。头部的比例——纤细的耳朵、乌黑的眼睛、鼻子、嘴巴、鼻口的长度——非常令人满意。嘴唇强壮且灵活。驴子吃东西时那种嘎吱嘎吱的摩擦声听起来特别舒服，而它的叫声又如抽泣一般率真而恸切。”

“说得没错。”标本师边说边在笔记本上做着笔记。

“有些驴背部和肩膀上的毛那里有个十字架，看起来就跟基督十字一模一样。”

“嗯。巧合而已。”这个细节标本师没记下来。

“那碧翠丝和维吉尔他们都做些什么呢？”

“你什么意思？”

“在你的剧本里，他们都做什么？发生了什么事情？”

“他们交谈。”

“谈什么？”

“谈很多事情。我正好带了一场戏，发生在他们分开找食物之后。他们两个都害怕已失去了对方。碧翠丝一走开去找维吉尔，维吉尔就回来了。”

他警惕地看了看其他桌，看到没人注意他们，他从胸口内袋里掏出几张折叠的纸。亨利还想着总算有东西可以看看了。但标本师在自己面前把纸展开，往前坐了坐，清了清嗓子。即便是在这种公共场合，他都要自己念。真是个控制狂，亨利有些恼怒地想。标本师开始读起来，声音很小：

（维吉尔扒拉着前方的地面，找一个想象中的标记。）

碧翠丝：（从右面上场）原来你在这儿啊！我刚才正在找你呢。

维吉尔：我想你！

碧翠丝：我也想你！

（他们相拥。）

维吉尔：我还担心你出什么事了呢。

碧翠丝：我也担心你。

维吉尔：你要是遭遇什么不测，我愿意跟你有难同当。

碧翠丝：我也一样。

（停顿。）

碧翠丝：你的背怎么样了？

“维吉尔一直都背疼，碧翠丝老是脖子疼，”标本师告诉亨利，“是压力原因。而且她有一条腿还有点瘸。这个后面有解释。”

碧翠丝：你的背怎么样了？

维吉尔：还好。你的脖子怎么样了？

碧翠丝：没什么不舒服的。

维吉尔：你的腿怎么样了？

碧翠丝：明天还是能撑得过去的。

维吉尔：我没找到吃的。

碧翠丝：我也没找到。

（停顿。）

碧翠丝：我们该怎么办？

维吉尔：我不知道。

碧翠丝：这条路肯定会通向什么地方吧。

维吉尔：那个地方是我们想去的地方吗？

碧翠丝：有可能是好消息呢。

维吉尔：也有可能是坏消息。

碧翠丝：又有谁知道呢？

维吉尔：这里就又安全又舒服。

碧翠丝：危险可能正悄悄袭来呢。

维吉尔：那这么说我们应该走了？

碧翠丝：我们是应该走。

（他们动都没动。）

维吉尔：我知道三个笑话。

碧翠丝：现在不是讲笑话的时候。

维吉尔：很好笑的，我保证。

碧翠丝：我再也笑不出来了，甚至连尝试着笑一下都做不到了。对任何事都这样。

维吉尔：那些罪人真的是把我们的一切都剥夺了。

服务员朝他们这边走了过来。标本师停了下来，把纸收到桌下。服务员把他们的咖啡和亨利的蛋糕放在桌上，说了句："你的咖啡和蛋糕。"

"谢谢。"

亨利意识到他忘了问服务员要两把叉子。他用服务员拿过来的叉子把蛋糕切成好几块，然后把叉子放到标本师那边，他自己用咖啡匙就行了。

"不要客气。"亨利说。

标本师摇了摇头，把剧本又从桌子下面拿了上来。

"那些罪人……"亨利重复道。

标本师点了点头，继续念：

维吉尔：那些罪人真的是把我们的一切都剥夺了。

（停顿。）

碧翠丝：好吧，跟我讲讲你的笑话吧。

维吉尔：可惜没有咖啡。

碧翠丝：可惜没有蛋糕。

（他们又靠在了树边。）

时机这么讽刺，让亨利都觉得震惊。就在咖啡和蛋糕刚刚端上来的时候，维吉尔和碧翠丝正感叹没有咖啡和蛋糕。而且之前碧翠丝还说过太阳已经没了，导致他们没了信仰，而亨利他们现在却沐浴在阳光中。维吉尔和碧翠丝如此的充满活力、坦白率真也让亨利觉得震惊，他们可远比他们的作者愿意展示自己。

维吉尔：一号笑话。（他凑过身来，双手拢在碧翠丝耳边，激动地耳语着。断断续续地只能听到几个单词。）……然后一个面包师……女儿说……第二天……一整个月……他失魂落魄……然后她说……（他说了笑点。）

碧翠丝：（呆滞不笑）真好笑。

维吉尔：二号笑话。（他又一次朝着碧翠丝耳语。）……到了另一个犯人面前……字母U……指着自己的胸口说……

（笑点。）

碧翠丝：我没听懂。

维吉尔：在匈牙利语中……（他朝她耳语着解释。）

碧翠丝：（呆滞不笑）哦，我懂了。

维吉尔：三号笑话。（他朝她耳语。）

碧翠丝：（呆滞不笑）这个我以前听过了。

“他们一开始的对话就是这样，”标本师说，“一边闲聊，一边想着下面该怎么办。”

“笑话以耳语的形式呈现，这点很好。我喜欢。”

“他们有时候也自言自语。独白。碧翠丝还能安静地休息，有时甚至睡上一整个晚上，而且还能做梦。但维吉尔睡眠就没那么好了，他老是做同一个梦，梦到一阵声响——钻孔声，缓缓增强，直到他喘着粗气惊醒，眼睛张的跟要爆炸的气球似的，这是他的原话。他开玩笑说自己总是梦到白蚁，是因为焦虑。”

“维吉尔为什么那么焦虑呢？”

“因为他是一只生活在一个不喜欢吼猴的世界中的吼猴。”

亨利点了点头。

标本师继续说："碧翠丝睡着的时候，维吉尔有时候会自言自语。他们在树边过的第一夜，他醒过来开始说起一本叫作《宿命论者雅克和他的主人》的书。"

"嗯，作者是德尼斯·狄德罗。"亨利说道。狄德罗是18世纪法国经典作家。亨利很早之前读过他的那本书。

"那本小说我一点儿都不懂。"标本师说。

亨利极力回想那本小说的内容。雅克和他的主人骑马旅行，讨论各种话题。他们讲故事，但是经常被各种事情打断。雅克大概是个宿命论者，而他的主人不是，不过亨利也不敢确定，只是从书名这样推断而已。他不记得自己是否"读懂"了那本小说，只记得法国人的轻松明快和书中那种现代、滑稽的感觉，有点像骑在马背上的贝克特。

"你为什么要在剧本中引用一本你都读不懂的小说呢？"亨利问。

"这对我来说没什么，"标本师回答道，"我之所以用它，是因为我觉得书中有个元素对我有用。雅克和他的主人讨论过身体可以承受的各种伤害以及每种伤害所对应的痛苦。雅克坚称膝盖伤是最最痛苦、最最难以忍受的痛苦。维吉尔不记得雅克给出的例子是从马上摔下来，膝盖碰到锋利的石头还是膝盖被滑膛枪射中了，反正不管是哪种情况，维吉尔读那本书时深信不疑。但是现在，在他独白之际，他仔细思量了身体痛苦的测定与比较。他承认雅克所描述的那种膝痛一定令人痛不欲生，但疼痛也就是袭来的那一瞬间短促而强烈，过后便会大大减弱。这种痛怎么能跟折磨人、拖累人的背痛相比呢？膝盖只是一个局部连接的小部位，而且相对而言，可以轻易地不去用它。'把脚搁起来休息休息'——甚至在俗语中都能找到不去用膝盖的美妙之处。但背部是个名副其实的铁路枢纽，它联结一切，总会需要用到背。那跟饥渴的痛苦比又如何呢？又或者那种虽没有哪个器官受伤但连通所有这些器官的精神被摧毁的痛苦呢？到这儿的时候，维吉尔哭了起来，但因为怕吵醒碧翠丝，又停了下来。这是他的其中一段独白。"

"我明白了。"

"那天早上，碧翠丝还在睡觉的时候，他又说了一段独白。维吉尔记得他们的惨痛遭遇是如何开始的，从他的心理上来说，是从他意识到发生了什么事情那时候开始。他把当时的情景演了出来。他正在最喜欢的咖啡馆里读晨报，视线被吸引到一条新闻标题上，内容讲的是政府一项关于市民分类的新法令——或者更准确地说，那篇文章讲得很清楚，是关于市民和**非**市民的新分类。维吉尔越读越震惊，因为他意识到他自己，他的各种细节特征，他，一只猴子，坐在咖啡馆读报这样一个司空见惯的事实正是法令针对的目标。”

亨利记在心中：政府颁布法令排挤维吉尔。标本师讲得活灵活现、神采飞扬的，他不想打断他。有一两个客人不经意地朝他们这边瞥了几眼，但还是服务员过来才对标本师起了作用。他把手收回搭在大腿上，垂下眼睛。

“您需要帮助吗？”服务员问亨利，随即又改口，“您还需要点别的吗？”

“不用了，谢谢。你要续杯吗？”

标本师一语不发，只是轻轻摇了摇头。他看起来好像在假装自己不在那儿似的。

“请给我们结账吧。”

“好的，没问题。”

亨利感觉到服务员似乎想要跟标本师说点什么，但又改变主意走开了。

标本师决意要讲完维吉尔的咖啡馆经历，很快又继续开讲。

“这是逐出伊甸园！末日来临！刹那间，报纸变成浮在空中的巨大手指指着他。维吉尔很担心咖啡馆的其他客人注意到他，因为他们中的很多人也在读同一份报纸。那边，还有那边，他们不是都对他侧目而视吗？他哀叹道，整件事情就是这样进入他的人生的，同样也是这样进入其他许多人的人生的，包括他自己，包括碧翠丝，也包括其他许许多多人，而这一切都发生在意识来临的那一瞬间。在那一刻，世界就像玻璃般粉碎破裂，一切看起来都恰如从前，却又如此不同，如此清晰尖刻，带着敌意。那之后——"

服务员拿着账单再次出现。亨利心想还真是出奇的快啊，莫非是想早点打发我们走？他付了钱，然后他们起身离开。因为标本师的故事讲了一半，所以他们别无选择只能往标本店方向走去。虽说距离很近，感觉却像换了个世界似的。路上基本上没什么人，而且比街那头的商业区安静得多。看到每扇凸窗上悬垂的黑色布料，亨利很是失望。他本来还期待着早点转过拐角，但结果跟他预想的截然不同。实际上，除了墙上褪色的壁画，并没有獾狮狓探出头来。标本师注意到他正盯着那块黑色布料看。

"店里没人的时候，我不希望有人在这儿驻足。人心难测啊。"他一边在大衣口袋里找钥匙一边说，同时还四下看了看，扫视着走过的路人——一对中年夫妇，一个没精打采的少年，还有一个孤孤单单的男人。

"你不太喜欢人，是吧？"亨利随口问道。

标本师又看了一会儿路人，继而盯着亨利——是那种精确定位、全神贯注，就像动物紧张时的那种注视，没错，就是动物的注视。标本师这么盯着他看时，亨利突然想到：**我也是人啊**。

亨利试着道了个歉。“我的意思是，你跟动物在一起会比较自在。你了解它们。而人呢，人都很奇怪，又不可靠。我是这个意思。”

标本师转过身，沉默着打开门走了进去。这里静默蛰伏却也焦急等待他回来的，是他的那些动物。他按了几个开关，灯光一照，动物们仿佛起死回生。回到自家店里，标本师明显轻松了许多。他朝后屋走去。由于伊拉兹马斯卧在柜台前的地板上不走，所以亨利也就在这里逗留了一会儿。路过时，他注意到伊拉兹马斯好像有点不对劲。

亨利进到工作室时，标本师已经坐到桌子旁边了。亨利坐在自己常坐的那条长凳上面。标本师可是决意什么都不能耽搁他说完刚才的故事的。他这会儿读起来更加自如了。

“咖啡馆读报事件之后，维吉尔哀叹说自己的情感都枯竭了。不对，他改口道：应该是一种感情得到了强化，就是恐惧，而其他感情全都枯竭了。智力刺激，美学欣喜，静静欣赏，美好回忆，诙谐搞笑——这些情感全都被恐惧排挤在外，导致他眼神空洞，大多数时候都冷淡漠然。维吉尔说，要不是生命中有了碧翠丝，他估计什么都感受不到。一切的一切，甚至连恐惧，几乎都可以不予理会。他会成为行尸走肉，一捆不动脑筋的机器元件，就好像没有了住客的房子。他说这些的时候，又想起了前一天晚上的景象，想起了他多么深受感动。考虑到他的现实处境，他还是觉得很震惊，自己竟然能被一阵风和几片田野感动成那样。这就好像在一座着了火的博物馆里悠闲地欣赏一幅美丽的风景画。”

亨利在想标本师是否住在店里，不是楼上也不是附近，而是确确实实住在店**里面**。他看了看维吉尔和碧翠丝，差点跟他们打招呼。他跟他们慢慢熟悉起来了。

标本师继续读。

“这一突如其来的情感爆发令他兴高采烈，他喜不自禁地站起身，来了个侧手翻，倒立着观看那一片风景。他侧向一边，悬在空中，只用一只胳膊支撑整个身体，这对他来说简直是小菜一碟。过了一会儿，他又四肢着地，然后开始玩同样的平衡把戏。先是两腿支撑，后来又换成只用一条腿。这对吼猴来说稍微有点难度，因为他们不常用两足着地。他的两只胳膊开始摇晃，抬起的腿也开始颤抖，尾巴在空中摇来晃去。就在这时，碧翠丝醒了，问了他本剧的关键问题。”

他在桌子上翻找。亨利不明白他的那些纸为什么永远都是杂乱无章的，他永远都在找东西。他就不能按顺序排好吗？毕竟，这怎么说也是个剧本，剧本的场次难道不是应该按照叙事逻辑排好的吗？

"找到了，在这儿。"标本师说道。然后他开始读——大声读，当然了，这还用说吗：

碧翠丝：维吉尔，你昨天问了个问题。

维吉尔：（背对着她，摇摇晃晃，差点摔下来，但还是单腿保持平衡）哦，你醒了！早上好。昨晚睡得怎么样？

碧翠丝：非常好，谢谢。你猜我昨晚梦到什么了？

维吉尔：（仍然在保持平衡）梦到什么了？

碧翠丝：我梦到一只梨！

维吉尔：（仍然在保持平衡）但是你从来没见过梨。

碧翠丝：但在梦里，我是千真万确地看到了。那只梨比菠萝还大。

维吉尔：（仍然在保持平衡）那不是很好嘛。

碧翠丝：你昨天问了个问题。

维吉尔：（仍然在保持平衡）我问了吗？还真是无聊。

碧翠丝：不，问得挺好的。我昨天快睡着的时候就在想那个问题。

维吉尔：(仍然在保持平衡)我问的是什么问题？

碧翠丝：你问："有一天，等这些都结束了，我们怎么跟人家讲我们经历的这些事情呢？"

(维吉尔摔了下来。)

维吉尔：这还是姑且假设我们可以活到那一天。

"这是整部剧的关键问题，就是他们如何讲述发生在自己身上的事情。他们后来不停地绕回到这个问题上来。"

"这也回答了我在咖啡馆里问你的那个问题，"亨利插嘴道，"我问你剧中发生了什么事，事实上，剧本中他们是在讲述如何讲述。"

"我把它看作讲述记忆。"

要是说亨利之前还没看清楚的话，他现在总算是明白标本师的剧本问题出在哪儿了，明白了他为什么需要帮助。从本质上来说，剧本中没有故事，也没有情节，只有两只动物坐在一棵树下对话，颇有贝克特和狄德罗的风格。但有一点必须要说明，这两位可是技艺超群，表面上看毫无故事，暗里却塞满了众多情节，但这风格在我们这位《一件20世纪的衬衫》的作者这儿可是不管用的啊。

亨利想让标本师来解读一下自己的剧本，但他又不想先提大屠杀。他觉得让标本师自己说出来，以后他可能会比较愿意多说一点。

“我问你一个简单的问题：你的剧本讲的是什么？”

这问题一出口，一阵反讽感便跃上亨利心头。将近三年前，在伦敦那顿灾难性的午餐中，历史学家问的就是同样的问题，这个让他内心翻江倒海、哑口无言的问题。而现在，他自己竟然也在问这一问题。不过，标本师可不怵。他几乎是吼叫着回答的。

“讲的是它们啊！”他的手猛烈地横扫了一下房间。

“它们？”

“这些动物！三分之二的动物都死了。你难道不明白吗？”

“但是——”

“不管是数量上还是种类上，全部加起来，一共有三分之二的动物都灭绝了，永远消失了。我的剧本讲的就是这种……”——他搜索枯肠，想找到合适的措辞——“这种无法挽回的恶行。维吉尔和碧翠丝管这个叫作——等一下！”

他言辞凿凿、慷慨激昂，让亨利大吃一惊。标本师又埋头在那堆纸里找。总算有一次，他马上就找到了想要的东西：

碧翠丝：我们该怎么称呼它呢？

维吉尔：这个问题问得好。

碧翠丝：事件？

维吉尔：描述性不够强，而且又没有评断。名字和内涵必须合而为一。

碧翠丝：无法想象？难以想象？

维吉尔：要是都无法想象、难以想象了我们还在这儿想什么呀？

碧翠丝：难以命名？

维吉尔：要是连个名字都没有，我们怎么跟人家讲述？

碧翠丝：洪水？

维吉尔：跟天气没任何关系。

碧翠丝：大惨剧？

维吉尔：什么都可以是大惨剧，洪水、地震、煤矿爆炸。

碧翠丝：灼烧？

维吉尔：森林大火也可以叫灼烧。

碧翠丝：惊骇？

维吉尔：听起来像那种瞬间发生的事情，让人奔跑逃命、气喘吁吁。表现力不够。而且，这个之前已经被用过了。

碧翠丝：混沌？

维吉尔：听起来像不含乳制品的甜点。

碧翠丝：恐怖？

维吉尔：这个词义倒是强一些。

碧翠丝："恐怖们"更好呢，复数形态但当作单数使用，"们"像地狱的一扇"门"，打开发现的全是不可想象、难以想象、大惨剧、灼烧、惊骇和混沌。

维吉尔：那我们就把它叫作"恐怖们"吧。

碧翠丝：不错。

（停顿。）

碧翠丝：那么，我们要怎样来谈论恐怖们呢？

"你也看到了，他们一次又一次绕回到这个问题上来。维吉尔和碧翠丝列了张清单，一张非常重要的清单。你看，就在这儿。"

标本师突然从桌子后面站起来。亨利也跟着站了起来。他绕到碧翠丝旁边，一只手放在维吉尔的臀部，一只手放在他弯着的腿下，把维吉尔从碧翠丝的背上拿了下来，放到桌子上。

"你看。"他又说了一遍。

他指着碧翠丝的背部。亨利看了看，只能看到浓密的驴毛，有些地方还纠缠在一起。标本师过去拿灯，灯一照，亨利就看出那些毛缠在一起，隐隐约约形成了一个图案。

"这就是那张清单，"标本师说道，"因为他们住的国家叫衬衫，所以管这张清单叫针线包。他们想到的所有可以用来谈论恐怖们的方法，维吉尔都蘸湿指尖，写在了碧翠丝的背上。"

亨利仔细看了看碧翠丝的皮毛。他心想，在驴的背上，唾液加毛发不可能拼出什么东西，最起码要维持一整天就是不可能的，不过想必这又是标本师所谓的象征。

"针线包里的第一项是号叫。碧翠丝是从前一天晚上维吉尔的号叫中想到这点的。第二项是一只黑猫。"

"一只黑猫？一只黑猫怎么就成了表现可怖们的一种方式了呢？"

"是恐怖们。像这样。"

标本师小心翼翼地把维吉尔放回到碧翠丝身上，然后又回去拿他那摞纸。亨利心想，要是他能拿着剧本自己看，事情就容易多了。他意识到他差点想"**自己看并且自己写**"了。

标本师找到一页纸，开始读：

维吉尔：说出来是为了活下去——我想这就是我们之所以想这么做的原因吧。

碧翠丝：嗯，为了铭记，但同时也是为了继续生活。

维吉尔：知情但又要快乐——或者至少要知足、丰饶。

碧翠丝：嗯。

维吉尔：就像跟猫住在一起，它一直陪伴我们，却不会主导我们的人生。我们需要供它吃喝，给它洗漱，有时还要倾注全部注意力，但大部分时候它还是自己单独待着就心满意足。躺在某个角落，在我们身边，却不会占据我们的过多精力。

碧翠丝：恐怖们就是既像号叫又像黑猫。

维吉尔：这个我得记下来。（他环顾四周，注意到了碧翠丝的背。）我知道在哪儿写了。（他用舌头舔了舔指尖，把碧翠丝的皮毛弄平整，在她身上写字。他用舌头舔了好几次，终于完工，看了看自己的作品，很是满意。）完成了。我们就叫它针线包。

碧翠丝：针线包，真相包。

维吉尔：没错。

“这个也是象征。”标本师说道。

“嗯，我知道。但是所有这些谈话，跟所有其他故事一样，在一个剧本中，肯定会有——”

“沉默也是有的。有一次维吉尔说文字不过是‘咕哝声的精确版’，他说我们‘太高看文字了’。那之后，他们尝试用其他方法来谈论恐怖们，包括手势、声音、面部表情等，但这让他们筋疲力尽。那场戏现在就在我手边。”

他又开始大声读：

碧翠丝：我累死了。没法儿再进行下去了。

维吉尔：我也是。要不我们就光听听吧。

碧翠丝：听什么？

维吉尔：听听沉默，听听看它有什么要说的。

碧翠丝：好的。

（沉默。）

维吉尔：听到什么了吗？

碧翠丝：听到了。

维吉尔：听到什么了？

碧翠丝：沉默。

维吉尔：那沉默说什么了？

碧翠丝：什么也没说。

维吉尔：你做得很不错。我不停地听到自己内心有个声音在说："我在聆听沉默，希望能听到点什么。"但接着我脑子里乱哄哄的，开起了小差。

碧翠丝：哦，那些我也听得到。说的话不同，但都是一回事。

维吉尔：我们应该尝试聆听真正的沉默，把头脑中的所有内部噪声全都清空。

碧翠丝：我愿意试试。

维吉尔：一、二、三，开始。

（维吉尔和碧翠丝直视前方，内心一片沉寂。

飞来一只大黄蜂，嗡嗡地在他们前面飞直线。他们跟随着它的路线，头一会儿朝向最左边，一会儿朝向最右边，但什么也没说。

左边树上一只鸟儿朗声啁啾。维吉尔和碧翠丝望向左边，什么也没说。

右边远处一只狗在狂吠。维吉尔和碧翠丝望向右边，什么也没说。

左边一只青蛙呱呱直叫。他们望向左边，什么也没说。

两只松鼠迅速爬上右边一棵树，其中一只满腹牢骚地追着另一只。他们望向右边，什么也没说。

左边鸟叫声像炸开了锅。他们望向左边，什么也没说。

上面传来鹰隼的尖叫。他们抬头仰望，什么也没说。

一片树叶落地。他们的视线跟随着它坠落的舞姿。叶子掉在了地上。）

维吉尔：老天爷，这地方可真吵！

碧翠丝：太容易让人分心了。

维吉尔：根本就不可能听到沉默。

碧翠丝：同意。

（沉默。）

维吉尔：我敢打赌我要是制造好多噪声，你可能会更清楚地听见沉默。

碧翠丝：你这么觉得吗？

维吉尔：要不我们试试吧。（维吉尔站起身，深吸了一口气，用最大的声音说了下面这些话。）

全部上车！全部上车！快点，快点，快点！呜—呜—呜—呜，可不能误了火车！呜—呜—呜—呜，饮料和零食别忘了！不想挨饿吧！保管好行李！呜—呜—呜！你，那边那个，你这是要去哪儿啊！进到车厢里去。全部上车！我说了全部上车！最后一次通知了！呜—呜—呜—呜，火车马上要

开了，呜—呜—呜—呜！一次难忘的旅程！呜—呜—呜—呜！准备出发，准备出发。（*面向碧翠丝*）呃，听到了吗？听到沉默了吗？

碧翠丝：听到了。

维吉尔：然后呢？

碧翠丝：就好像有千万阴影压在我身上。

维吉尔：他们都在说什么？

碧翠丝：他们在哀怨自己未尽生命中的过往。

维吉尔：他们用了什么样的字眼？

碧翠丝：这个听不见。

维吉尔：这些词跟一般的沉默有什么不同？

碧翠丝：这个不好说。

维吉尔：我们应该怎么引用这些词呢？

碧翠丝：难以用语言描述。

维吉尔：我们该怎样评述他们的话？

碧翠丝：我的舌头打结了。

维吉尔：假如说我正在读这些话，我会读到什么内容呢？

碧翠丝：我的笔没有墨水了。

维吉尔：这个方法不行。我们得想个新法子。

（沉默。）

“所以你看，不光是有文字，还有声音和沉默。而且还有手势。比如说这个。维吉尔和碧翠丝把这个放到了他们的针线包里。”

标本师用右手放在胸前比画。

“我给演员画了示意图。”他又加了一句。

他把那幅画高高举过桌面。画上有四个手势的示意图：

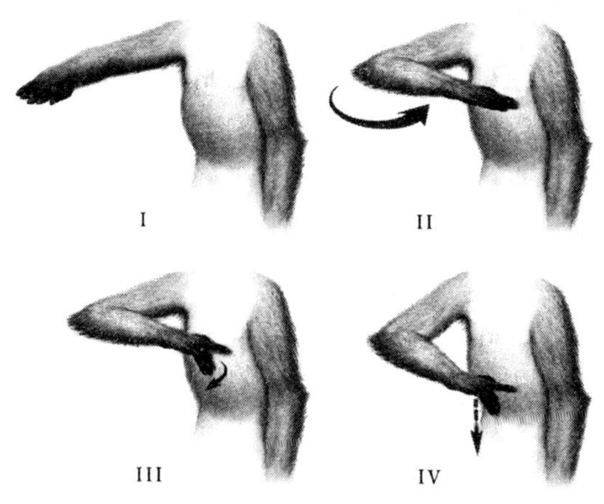

恐怖们手势图

亨利注意到画中的胳膊上有好多毛。为了表现这种对动物的深恶痛绝，标本师肯定会叫演员们为了角色扮成这样的。手放在胸前，两根手指指着地面，手朝下。亨利很好奇为什么是两根手指呢？

“文字，沉默，声音，角色，象征——这些对一个故事来说，都是很重要的元素。”亨利说。**但是你同时也需要情节，需要动作**，他本来还想再说点什么的，标本师打断了他。

“清单逐渐加长。整部剧都是以它为中心的。我把整个针线包的内容都读给你听。在剧本快结束的时候，维吉尔也读过最后一次。这张清单是我最伟大的文学成就。”

听到这最后一句话，亨利差点笑出来，但标本师这个人吧，可不是你想笑就能笑的，当然你也没法儿跟他一起笑。他周围的空气，他脸上的表情，把笑的生命力都榨干了。

这张清单竟然很神奇的没混在他桌上那一堆纸里，而是从抽屉里拿出来的。标本师念道：

一声号叫，一只黑猫，语言及偶尔的沉默，一个手势，若干少了一只袖子的衬衫，一段祷告，每次议会开始时的演说，一首歌，一道菜，一辆游行花车，大众纪念版瓷鞋，网球课，朴素真理普通名词，长词，好多清单，绝境中展现虚假好心情，证词，仪式和朝圣，私下或公开的正义与尊敬之举，一个面部表情，第二个手势，口头表达，[sic]剧，诺沃利普基大街68

号，给古斯塔夫的游戏，一个文身，一年目标，奥斯基。

一堆胡言乱语。只是听了听，并没有真正看到，而且还只是听了一遍，还没等他想清楚是什么意思呢，就消失沉寂了。亨利基本上没听到什么东西，听明白的就更少了。他不知道该作何反应，所以就什么都没说。但标本师也沉默着。

“最后那个我没听明白。”终于，还是亨利先开口。

“奥斯基，奥—斯—基。”

“听起来像德语，但是我不认识那个词。”

“是，它不是一个单词，勉强算是一个杜撰的长词吧。”

“我看也不长啊，就三个字。”

“不对，不是那样。”

标本师翻了翻纸张，用手指指了指中间一个单词：长词。

“这什么意思？”

“这是碧翠丝的主意。”

他翻了翻，找到一页纸开始读：

碧翠丝：我有个主意。

维吉尔：什么主意？

碧翠丝：一个长单词。或者用一个词，简单点来说，长词。

维吉尔：你到底指什么——

碧翠丝：嘘！

维吉尔：（惊吓状，低声问道）怎么了？

碧翠丝：我刚才好像听到什么了。

（沉默。）

维吉尔：然后呢？

碧翠丝：什么也没有。

维吉尔：你确定？

碧翠丝：不确定。

维吉尔：我们要跑吗？

碧翠丝：往哪边跑？

维吉尔：往声音来源的反方向。

碧翠丝：我不确定声音是从哪边传过来的。

维吉尔：我们被包围了！

碧翠丝：嘘，安静！

"在随后的那场戏中，他们以为自己被发现了，但其实他们弄错了，他们仍然安然无恙，所以就又回到了那个长词上。"

碧翠丝：维吉尔？

（维吉尔睡着了。他慢慢倒下，直到靠到碧翠丝身上，开始轻声打鼾。

碧翠丝一动未动，没发出任何声响，也没睡着，而是四下张望。本来她又惊恐又戒备，不过这里的平和宁静让她放松下来，她开始饶有兴致地观察起周遭的风景。）

碧翠丝：景色真美啊。

（除了维吉尔的鼾声，一片沉寂。）

维吉尔：（突然醒了过来）什么？我刚才在说什么？

碧翠丝：我不知道。我睡着了。

维吉尔：是吗？

碧翠丝：是的。

维吉尔：你老是在睡觉。

碧翠丝：你放哨有什么情况要报告吗？

维吉尔：（打了个哈欠，伸伸懒腰，揉了揉眼睛）没什么要报告的。

碧翠丝：那就好。

维吉尔：我们说到哪儿了？

碧翠丝：什么意思？

维吉尔：我们的讨论。我们在讲怎么讲述恐怖们。

碧翠丝：长词。

维吉尔：嗯，用一个单词。你这么说是什么意思？

碧翠丝：我们约定用一个长单词来表示恐怖们。

维吉尔：你心里有备选项吗？

碧翠丝：遗憾啊有这么多可能的事。

维吉尔：我喜欢这个。我也想到一个。

碧翠丝：说来听听。

维吉尔：邪恶的客厅大错特错。

"再说一遍。"亨利说道。

维吉尔：邪恶的客厅大错特错。

碧翠丝：节奏还真难跟得上啊。

标本师点了点头，承认碧翠丝和亨利对维吉尔的长词看法都一样。

维吉尔：就像你说的，这是一个约定、一个协议。我们一致认同用长词描述恐怖们。

碧翠丝：同意。

维吉尔：让我把这个写下来。（他用指尖在碧翠丝的背上写字。）

“奥斯基是一个长词的变体。碧翠丝建议在所有书籍、杂志、报纸上，根据作者或出版商的意愿，在显眼或是隐蔽的地方印上这个单词，以示书中语言对恐怖们有所了解。”

“这张清单，这个针线包里的其他所有项目也都是为了这样一个共同目标，就是让事情为人所知？”

“嗯，正是如此。”

“请问我能看一下清单吗？”

标本师犹豫了一下，然后把清单递给了亨利。

亨利掩饰住惊讶的表情，说了句“谢谢”。他简直不敢相信，满心以为标本师会趁他还没来得及看就把纸一把抢回去。最终，他总算可以暂时叫停标本师的高声朗读，而让这些文字呈现在自己眼前，像他的装裱动物一样固定不动。文字轻轻陷进纸里，背面产生出一种布莱叶盲文的浮雕效果，这是机械打字的结果。

清单以一个列表形式展开：

恐怖们的针线包

一声号叫，
一只黑猫，
语言及偶尔的沉默，
一个手势，
若干少了一只袖子的衬衫，
一段祷告，
每次议会开始时的演说，
一首歌，
一道菜，
一辆游行花车，
大众纪念版瓷鞋，
网球课，
朴素真理普通名词，
长词，
好多清单，
绝境中展现虚假好心情，
证词，
仪式和朝圣，

私下或公开的正义与尊敬之举，

一个面部表情，

第二个手势，

口头表达，

[sic]剧，

诺沃利普基大街68号，

给古斯塔夫的游戏，

一个文身，

一年目标，

奥斯基。

最后一项后面的句号穿透了纸页。这清单让人感觉像一首古怪的诗，零碎与奇异、熟悉与陌生一一并置，却又不像一首诗。看到清单后面的诺沃利普基大街68号时，亨利的眼神逗留了一会儿。这个地址隐藏在记忆某处，但他又说不出缘由，就继续往下看。很显然，标本师很看重这张清单，想让他问些问题，但他只能在心里叹气。通过一张**清单**来讲故事，就跟坐在舞台上念电话本似的，对观众来说，还有比这个更扫兴的吗？亨利随便挑了其中一项。

“什么叫‘朴素真理普通名词’？”他问道。

“就是由词典支持的裁决。这是碧翠丝的主意。也就是说像杀人犯、凶手、灭绝者、虐待者、掠夺者、抢劫犯、强奸犯、亵渎者、暴徒、笨蛋、怪物、魔鬼这样的词。”

“我明白了。”亨利又从清单上选了另外一个词，“那这个‘口头表达’呢？”

标本师找出那场戏：

碧翠丝：很好，还有别的什么想法吗？

（维吉尔又开始踱步。）

维吉尔：一个表情。

碧翠丝：又有表情了？会扭伤脸的。

维吉尔：我的意思是口头表达。任何一群人——不管是坐着还是站着，纵队还是横排——他们的中间部分都会被指定为“处在恐怖们中”，这可不见得全然是坏事。毕竟，相对于两边的危险来说，中间是最安全的。所以说，要是我们去看表演，引座员跟我们说，“恐怖们中那个位置视野最好”或者是“很遗憾恐怖们中的位子已经有人了”，这样，我们就知道他是什么意思了，还有可能记起其他情况下，处在“恐怖们中”的那些人都怎样了。要我继续吗？

碧翠丝：请。

标本师停了下来。

亨利点了点头,“那‘[sic]剧’呢?”

“sic是拉丁文的‘这样’,”标本师回答道,“用来表示某个印刷词是完全按照作者意图或是原本就有错的原文精确复制过来的。”

“嗯,它的用法我了解。”

“维吉尔有个想法,在短剧中,每一个单词都可以用sic来修饰,考虑到恐怖们的情况下,现在每个单词都是错的。从某种意义上来说,有位匈牙利作家的写作风格跟这个有点类似。”

标本师没找维吉尔展现[sic]的那幕剧,也没跟亨利说他说的是哪位匈牙利作家,而是陷入了沉默。可以说,他们仿佛开始了幕间休息。亨利决定抓住机会再试试,不过这次要换个角度,不从情节和动作出发了,而是从角色发展切入。这样也许可以帮到标本师,还能让他谈谈剧本的创作经过。

“跟我说说,碧翠丝和维吉尔在整个剧本过程中是如何变化的?”亨利问道。

“变化?他们为什么要变啊?没理由变啊。他们什么都没做错。剧本结束时,他们仍然保持开始时的样子。”

“但是他们会交谈,会留意并意识到一些事情,还会静静沉思，往针线包里面添置东西。这些都会令他们有所改变的，不是吗？”

“绝对不会，”标本师坚定地说，“他们没有变。假如说我们隔天再见到他们，我们肯定会说他们跟前一天别无二致。”

亨利心想他的那位教创意写作的朋友此时此刻会说些什么。他已经找到三个好单词了，事实上远不止三个呢，但这些单词背后，却没有故事可言。

“但是在故事中，角色——”

“动物已经忍受了数千年，各种艰苦环境，只要你能想象到的，他们全都经受过了，也适应了，但他们的本性一直以来却保持绝对始终如一。”

“现实生活中确实是这样。我完全同意。我毫不怀疑生物进化的有机功能。但是要讲故事就——”

“需要变化的是**我们**，而不是他们。”标本师看起来有点激动。

“我同意。没有环保意识，就没有未来。但是要讲故事的话——就拿你寄给我的福楼拜小说里的朱利安来说吧。经过时间的变迁——”

“要是维吉尔和碧翠丝非得按照他人的标准做出变化的话，他们还不如干脆放弃，绝种算了。”

那一刻，放弃的是亨利自己。“嗯，你的意思我懂了。”他试图安抚标本师。

“他们不会变。维吉尔与碧翠丝过去、现在和未来都保持不变。”

亨利又看了看清单。

“这个‘诺沃利普基大街68——’”他继续发问，借此转移话题，但标本师突然高举手掌。

亨利闭上了嘴巴。标本师站起来，绕到桌子这一边来。亨利略感不安。

“真正重要的只有一件事。”标本师说道，其实应该说是低声耳语。

“什么事？”

标本师慢慢地从亨利手中把那张纸抽走，放在桌子上，亨利则任其滑过指间。

“这个。”标本师说。

他一手拿着灯，另一只手反方向拨开维吉尔尾巴根部的毛。

“就是这里的这个东西。”他说道。

亨利看到尾巴那里露出皮肤的地方有一圈圈缝合的针脚，看起来是做过医疗处理，颜色发紫，恐怖骇人。

“它的尾巴被切掉了，”标本师说道，“我重新接上去的。”

亨利盯着看了一会儿。标本师把灯放回到柜台上，走到工作室另一边的一张桌子旁边。亨利伸出手摸了摸维吉尔的皮毛，本来是想整理平整的，但他却重新翻起来看了看那处伤痕。他不知道自己为什么会这么做，但他就是看了看，然后摸了摸。一阵战栗传遍全身。他抽回手，把那个地方的毛拍平整，感觉自己的五脏六腑全被掏空了。把维吉尔好端端的尾巴切掉，这么野蛮的事情，谁会做得出来呢？

亨利好奇标本师为何不跟他讲剧本的事了，而是站在桌前摆弄着什么东西。难道亨利对他太苛刻了吗？太不考虑他的痛苦纠结了吗？

“你为什么不让我看看你的剧本呢，或者说就是你目前写出来的东西？”

标本师没有回答。

是因为觉得一旦把自己经营了一辈子的财富给人家看了，自己就会像失去亲人一样被掏空，没有秘密了吗？是因为害怕内心的自我暴露于外界吗？又或者是担心亨利和他人的反应？**“弄了这么多年，就弄出这么点东西吗？”**难道他已经感觉到了自己的失败，却不知道失败在何处，也想不出解决之道吗？亨利意识到这些问题自己一个都回答不上来，因为他根本不了解标本师的内心。虽说一起讨论剧本，也谈论了很多，但这个人本身对亨利来说仍然是一个谜。或者，更糟糕的是：一片空虚。

“我该……”亨利说着，然后又没声音了。每次来访，标本师都占掉他大块时间。他起身，走到标本师站着的地方。

他正在处理一只红狐。狐狸仰面躺着，腹部已被剖开，从肋骨最下方一路开到尾巴根部。他开始剥皮，手指和小刀并用。亨利专注着迷，甚至有些病态地注视着标本师的一举一动。他之前从没如此近距离地观察过刚刚死去的动物。标本师剥掉狐皮，到了尾巴根部那里则从里面用刀切断，接着又开始剥离腿部的皮，到了膝关节那里，就直接切断。几乎没有血流出来。亨利猜想，淡粉色的是肌肉，还有大量的白色脂肪，偶尔这儿或那儿还有深紫色斑点。亨利以为标本师会沿着腹部往上，一直切到脖子，把胸腔割开，然后对前肢做跟后腿一样的处理。但标本师接着却把狐皮翻转过来，刀子顺着腹部的切口游走自如，所到之处，皮肉分离。狐皮从身体上剥下来，就像一件套头衫一样。到前肢的时候，他从肩胛骨处将其切断，然后继续剥掉颈部的皮。弄到头部的时候，他把耳朵跟头骨连接的地方切开，只剩两个黑洞，使得眼睛更显怪异。狐狸耳朵的外部结构全都随着皮毛一起切掉了，而眼睛却仍留在原处，现在没了眼睑，却越发地凝神注视。标本师技艺高超，切掉了眼睛上的皮肤跟身体唯一相连的地方：泪腺。接着是嘴巴，刀锋切开了牙龈旁边的皮肤。最后轮到了鼻子这个唯一的连接点，切断软骨，深色皮毛就这样剥离脱落。他把皮毛恢复自然形状，里子朝内，就这样，皮毛和骨架并列而放，就好像一个小婴儿刚刚脱去红色的睡衣，不过这个婴儿龇着牙，正用一双黑咕隆咚的眼睛凶狠地盯着你看。

“这个是为你做的，”标本师说道，“这是个头部标本。我只需要它的头。”

他拿起一把解剖刀，在狐狸皮的喉咙处开了个小切口。为了既切断皮肤，又不至于切到狐狸毛，他拿起一把锋利的小剪刀把狐狸没了头骨的头剪了下来，接着再次把里子翻出来，耳朵那块也一样。然后他手指和小刀并用，刮擦挖抠，把皮肤上的肌肉和脂肪清理干净。

“那个得处理一下。”他咕哝着，走到一个放满瓶瓶罐罐的架子旁边。

亨利盯着那个脑袋。那是一个狐狸的脑袋没错，但被掏空了，里面也翻了出来。鼻子、嘴巴、眼睛、大耳朵、脖子，一样不少，却全都不对，全都被翻了出来。亨利能看见狐狸嘴巴里面的白毛，那里本来应该有个舌头的。脖子切口处可以看到红色的毛发冒出来。剩下的就是那个被剥掉皮的脑袋，未经加工，透着粉色，之前还是个活生生的东西，有感觉有思想。耳朵虽说面积最大最明显，却毫不起眼。双眼（或者准确地说是眼睑）紧闭，嘴巴却张得很大，好像正在狂叫。他又看了看脖子上的切口以及从里面冒出来的红色毛发。**一个在烈火中煎熬的灵魂**，他心想。突然之间，那个脑袋变成了一个正处于巨大痛苦之中的动物的脑袋，不由自主地颤抖，没有由来，也无可救赎。一阵恐怖袭遍亨利全身。

标本师拿着一小罐白色糊状物回来了，说是糊状，却有些颗粒。“硼砂。”他说道，并没有继续解释硼砂是什么或是做什么用的。

标本师一只手伸进狐狸脑袋里面，一只手戴着橡胶手套，开始把白色糊状物往狐狸脑袋上敷，使劲儿往里面揉搓。

“我得走了，”亨利说道，“我会很快再回来的。”

标本师什么都没说，就好像亨利根本都不存在似的。亨利转身，离开工作室，拉起伊拉兹马斯的牵引绳，出门走进暮色之中。

接下来的几周是亨利人生中最紧张纠结、混乱不堪的一段时间了。

温室剧团在排练新剧，莱辛的《智者纳旦》[1]，亨利在其中担纲主角，也算达到了他个人演艺生涯的一个小高峰。

过去二十多年来，温室剧团在当地来说，都是插科打诨、胡闹喧哗的地方，直到后来来了个新导演，做了整顿。一时之间，过去的种种粗俗、简单、传统守旧全都被抛弃了。“为什么好剧都要留给那些专业人士呢？”他问道，“人人都有权享受伟大的戏剧。”他坚称跟完美无缺的表演一样，略有瑕疵的尝试中同样可以看到伟大。这种方式当然有其潜在的灾难性后果，而且一开始的时候，确实有些表演演员演得比观众看得还好玩。有什么好怕的呢？参与的每个人都是单纯为了戏剧创意的乐趣而来，其他别无所求。

导演是个年迈的塞尔维亚移民——他自称是南斯拉夫人——充满活力，坚信人人平等、人人都该享受同等尊严，这也算是共产主义的积极遗风了。他有梦想，并对此不懈追求。每个经他指导的人，他都能毫无例外地找出其身上的演员特质，他主张重点不在于抹杀掉角色背后的自身，而在于将自身和角色融会贯通、达到平衡。“不要考虑演得好不好，”

1 《智者纳旦》：德国作家莱辛以门德尔松为原型创作的戏剧，该剧以宗教宽容为主题。主人公纳旦是一个正直、善良、机智的犹太人。

他常常这样对团里的人说，“要致力于追求真实。”演戏同年龄、肤色、口音、体形都全无关系，而且除非有直接联系，否则跟性别也无关。这是一个民有、民治、民享的剧院，要想得到人家的赏识，就得让人家看到表演。

在他坚定公平的带领下，温室剧团得到了世人——也就是本市市民——的尊重。发行量很大的娱乐周刊做过一期关于他们的专题报道，文章标题叫作“极致业余”，社区媒体也会定期对他们做些报道，大家一致同意这既是一种认真严肃的努力，又是一种令人神往、持续不断的社会学尝试。媒体曝光之后，好多大学生也开始加入了他们的观众群——这既算是一种文学研究，又算是社会学和文化学的研究——当然还有戏剧爱好者以及演员亲友团。

这些都是亨利来之前的事情了。他加入的时候，温室剧团已经地位稳固、发展良好了。这也是他不愿意离开这个城市的原因之一。他喜欢跟同行演员在空荡荡的舞台上围坐成一圈对台词。那是一种怎样的信任、友爱和欢乐啊！

亨利对即将开始的表演非常上心，但他也没把标本师忘了，思绪会不时回到那些动物身上，想起他们承受的“不可挽回的恶行”，还有标本师想要以此创作的剧本。

对于动物遭受的痛苦，亨利和萨拉自己也是深有体会。

一天亨利回家，发现他们家的小猫咪门德尔松没有来迎接他，很是奇怪。通常情况下，一听到开门的声音，她都会出现在走廊尽头，尾巴举在空中，形成一个问号。亨利也没见伊拉兹马斯狂暴地这儿闻闻，那儿嗅嗅。萨拉当时在睡觉——孕妇的睡眠可是神圣的——于是亨利自己悄悄地去找门德尔松。他看了看沙发底下，发现她没在那儿，那里算是她惯常的避难所了。最后，他注意到书架边有一点血渍，这才找到她。她把自己卡在地板和书架最底层之间了，亨利啧啧叫了两声，又轻声喊了喊她的名字，她喵喵叫了两声以示回应，声音极其虚弱。她爬出来时，鼻子在滴血，背部全是血，皮肤被撕破了，毛乱七八糟地纠缠在一起，后腿看起来好像无力支撑身体。因为她是只家猫，不可能遭到什么意外，所以受伤原因就只有一个：伊拉兹马斯。这也回答了亨利之前的问题：他们能否和谐相处？（但他们**确实和谐**共处了好长时间，现在怎么就不行了呢？）

萨拉和他都注意到伊拉兹马斯近来也有点古怪。亨利扭头，看见伊拉兹马斯在房间对面。这只小狗不对劲，亨利一眼就看得出来，他不是因为伤害了门德尔松而内疚，也不是因为怕受到惩罚而担心焦虑，那是一种别的什么东西。亨利轻轻叫了三声，他都没反应，再走近一点，他就开始咆哮。

预感事情有些不对劲，亨利穿上大衣，戴上厚手套去抓他。伊拉兹马斯疯狂反抗，又叫又咬，这种情况之前从未有过。萨拉被吓醒了，尖声大叫。亨利冲她喊说待在卧室里不要出来。他注意到伊拉兹马斯脸上有抓痕，原来门德尔松是自卫过的。最终，亨利把伊拉兹马斯裹在毛巾里，用胳膊勒住他脖子，这才叫萨拉出来。她把可怜的门德尔松抱起来，放到了她的外出箱里。

亨利带着这两只动物，打车去看兽医。萨拉本来也想一起去的，但考虑到她有孕在身，再加上小狗行为异常，两人决定她最好待在家里。

诊断结果是狂犬病。按说他们家的小狗应该是打过疫苗的，怎么会得狂犬病呢，这个问题不管是兽医还是他们当初收养伊拉兹马斯的那家动物收容所都回答不上来。他了解到大城市中很多野生动物都有狂犬病，甚至有更可怕的瘟疫。但良好的卫生条件阻止了疾病的传播，而且一般也不会传到宠物身上。也许疫苗失效了。亨利怀疑伊拉兹马斯有可能是在标本师的店里染上狂犬病的，这想法很荒谬，却不断闪过脑际。

门德尔松的背部断裂了，肺也被刺穿了，很显然是被伊拉兹马斯咬的。她痛苦不堪，只能实施安乐死。亨利把她抱到桌上，兽医则剃掉她一只前爪上的毛，在露出来的那块皮肤上扎针。她没有反抗，她信任他们。兽医把注射器活塞推下去的那一瞬间，门德尔松眼睛里的光芒便退去，头则向前垂了下去。

伊拉兹马斯的离去就没这么安静平和了。考虑到小狗歇斯底里的状态，医生让亨利把他放到一个大的密闭箱里，有扇窗户可以看到他。兽医的精确诊断是做完尸检之后才出具的，之前的诊断——封死了伊拉兹马斯命运的诊断，则是通过那扇窗户观察得出的。伊拉兹马斯最初非常狂乱暴力、狂吠咆哮，还用鼻子猛撞窗户，想要咬外面观察他的人，完全不是他平时的样子；但过了一会儿，他就恢复了老样子，蜷缩在地板上，全身颤抖、不停呜咽。放毒气时有轻微的嘶嘶声，这声音让他再次暴躁起来，狂跳着向前冲去，最后一次表达他的愤怒。毒气虽说没有门德尔松的针剂见效快，但也不差，没过一会儿他就倒在地上，口吐白沫、眼珠乱转、四肢颤抖。等亨利可以再抱抱他时，他已经完全僵硬了。

亨利在诊所里还算淡定，因为孤身一人处在很多陌生人中间，要办确诊手续，得做些决定，还有费用要交。在回家的出租车上，他盯着车窗外面，整个人都麻木了。直到回家上楼的时候，他才彻底崩溃了。脚边空荡荡的，而过去常常都有一只小狗在身边；右手也空落落的，少了一根狗绳。他花了好几分钟才把钥匙插进锁孔，开门进去。他害怕告诉萨拉刚才发生的一切，她自己现在因为正在孕育一个生命，所以对生命特别敏感忧虑。

萨拉站在走廊上等他，就是门德尔松以前站的那个地方。她眼睛睁得大大的，焦虑急切地等待着。但他其实不用说什么。萨拉立马就发现他空着手回来了，那是一种生命的戏剧性消逝。

他们俩都掉下了眼泪。萨拉哭着说她去拜访朋友回来，筋疲力尽，直接就去睡觉了。等她醒来就听见伊拉兹马斯在狂叫，而亨利则冲她喊，叫她待在卧室里不要出来。她到家时并没有注意到那两只动物有什么异常，不过她也没找他们。她甚至都不记得回来时有没有看到门德尔松。她太累了，只想打个盹儿。说不定那时候伊拉兹马斯还没攻击门德尔松呢。她怪自己没去找她，亨利则怪自己没注意到伊拉兹马斯的性情变化：多了一股之前没有的阴郁。

接着他们又担心自己是不是也被传染了狂犬病。萨拉特别担心会影响到宝宝，但照顾动物的事情大部分都是亨利在做，她确定自己没被咬到，也没被抓到。亨利也确定自己没被抓到，但因为他们生命的最后那几个小时都是他在处理，他还是打了一系列的狂犬病疫苗。

一天傍晚，剧院的一位演员排练前走到他跟前。

“亨利，”他说，“我之前都不知道呢，原来你是位著名作家呀。我以为你也就是个咖啡馆服务员。”

这位大牌律师、演员、朋友说这话的时候，好像是在开玩笑，但亨利听得出来，他的意图很真切。他其实是想问：**你是谁？你的社会地位是什么？我还以为我了解你呢，但很显然我并不了解。**他的语气中带有怨恨吗？现在他们对待亨利的态度会有所不同吗？亨利决定隐瞒自己部分身份，这样做有什么不妥吗？

“上次有个人来找你，”那个律师继续说，“当时你已经走了，他说他认识你，开始描述你，但就是名字对不上，最后他就把报纸上的照片拿给我看了。”

上周本市报纸上有一张他们排练的照片，还有一篇小短文。虽说化了妆、穿了戏服，而且也没有提到名字，但亨利的面貌还是清晰可辨。

亨利有一种预感。“那人叫什么名字？是不是很高的一个老头，特别严肃？”

“他不愿意说名字，但肯定是他，跟个殡葬师一样严肃。

你认识他？”

“嗯，认识。”

“他让我把这个转交给你。”律师说着，递给亨利一个信封。

信封证明了男人确实是标本师。亨利心想他为什么不愿意留下自己的名字呢？这个人的偏执隐秘还真是令人困惑。亨利从没想过标本师是否知道他的真名，每次见面就他们两个，根本没必要称呼名字，不管是真名还是笔名。

信封里装着标本师短剧的另一场：

碧翠丝：我受够清单了。

维吉尔：我也是。

（碧翠丝叹了口气，埋头睡着了。

维吉尔在旁边闲逛。他在灌木丛中找到一大块布，鲜亮的红色，没有花纹。这是块桌布吗？还是一匹布？维吉尔把布捡起来，开始摆弄。他挥动着红布，把它扔到空中，然后看着它落下来。把自己包在里面，摔倒然后开始跟布角力挣扎，他仰面躺在地上，大红布盖在他身上。他突然停了下来，面向观众。）

维吉尔：人们在垂死之际会抓住一块红色的苦难之布，他们又抓又扯，之前人生中从没有什么东西像这块红布一样纠结于他们心头，也没有什么东西让他们感到如此的压抑窒息——“我要死了，我要死了！”——于是除了那块布，他们什么也看不见，什么也感受不到，那块布会覆盖他们房间的所有墙壁和天花板，又或者，如果他们是死在户外，则会覆盖整个苍穹，苦难的红布会一点点接近他们，直到像衣服似的贴在身上，不过比衣服要紧，接着又变成了裹尸布，不过比裹尸布要紧，再然后成了尸体防腐带，不过比防腐带要紧，最后，红布会掐住他们直到他们呼出最后一口气，而就在那一刻，就好像魔术师出手一拉，红布瞬间消失，只剩下一具尸体在那里，周围的人因其生命力旺盛没法儿看到那块布，日子则继续下去，大家还觉得一切都欢欣鼓舞呢，直到有一天，红布飘然进入你的视野，你意识到它是冲着你来的，然后你就在想，之前怎么就没看到，怎么能无视它呢，满心的不可思议，但你也没多长时间考虑，因为你已经摔倒在地，开始跟红色的苦难之布角力，又抓又扯了。

（他与红布奋战）

碧翠丝：（醒过来）你在干什么？

维吉尔：（突然停了下来）没干什么，就叠一下这块布。

（他把布整整齐齐叠成长方形，放在地上。）

碧翠丝：你这是在哪儿找到的？

维吉尔：（用手指着）那边。

碧翠丝：我在想这东西怎么会跑到那儿的？

维吉尔：不知道。

（沉默）

维吉尔：我们应该心情好点。

碧翠丝：是应该心情好点。

维吉尔：说点好玩的。

碧翠丝：特别好玩的。

维吉尔：但不要虚假好心情。

碧翠丝：嗯。

维吉尔：不过虚假好心情总好过压根儿没好心情。

碧翠丝：我不这么觉得。绝望和虚假好心情相比只会让绝望更加悲惨。

维吉尔：但如果虚假好心情是在绝望的情况下体现的呢，有没有可能那种讽刺会使你超越绝望，带来真正的好心情呢？关键时刻，有没有可能虚假好心情才是通往完全了解宇宙之哲学阶梯的第一阶呢？

碧翠丝：可能性微乎其微。

维吉尔：要不我们来试试吧，我们约定在真正绝望的时候，就展现虚假好心情，作为最后一搏怎么样？

碧翠丝：我们可以试试。

维吉尔：但是我们现在真正绝望了吗？

碧翠丝：（带着一丝真正的好心情）不，我们没有。

维吉尔：（开心地）再往上一阶！我要记下来。（他用指尖在碧翠丝的背上写。）

亨利又看了一遍维吉尔的独白，整段话是一个长句。他能想象到演员的投入，表演时整个情绪力量的积蓄。代词的转换效果显著：从“人们”到“他们”，再到“你”，中间由那句充满讽刺的“日子则继续下去，大家还觉得一切都欢欣鼓舞呢”中的“大家”来过渡。他想起了针线包里的“绝境中展现虚假好心情”。跟那场戏一起的，还有一张小便条，字是打印上去的，非常简洁，是典型的标本师风格：

我的故事没有故事。

它基于谋杀的事实。

既没有称呼也没有署名。亨利想知道标本师为什么单单把这场戏和这张便条一起给他。红色的苦难之布，这是标本师自身焦虑的表现吗？至于那份虚假好心情，是表示他需要帮助，他自己正处在危急情势之中的信号吗？亨利决定尽快去找他。

亨利的“秘密身份”传出去之后，他跟其他业余演员的关系变得有些不一样了。虽说跟上次排练相比，亨利还是那个亨利，一点儿没变，但他感觉得到，其他演员都以异样的目光看待他了。大家谈话的时候，他被打断的次数可能是真少了，也不像以前那样事事都叫他参与了。导演对他则一会儿超级严厉，一会儿又特别温柔。这些他倒也能应付。只要假以时日，重新熟悉，事情会慢慢回归平静的。只是公开演出即将来临，这让亨利觉得有点压力重重。

音乐老师知道他的真实身份。课前课后聊天的时候，亨利泄了底，老师拍了拍额头，朝着亨利微笑。他读过亨利的名作，是他女儿推荐的。他以亨利为骄傲，这点挺好的，不过上课的时候，他跟之前丝毫没什么变化——除了换了个比喻，不再说公牛这种家养的动物了。亨利的单簧管现在成了一头需要驯服的野兽。

《智者纳旦》如期上演，跟往常一样，表演前一片忙乱，一如既往地紧张，同样出了很多口误纰漏，但借着“真实”的名义，一切都可以接受，一切都可以原谅。每周四到周日上演，一连两周，反响相当不错。虽说参演人员其实永远都没法儿说这出戏到底怎么样，因为演员从来没机会观看整个表演，但至少媒体的反响还是积极的。

接着萨拉的羊水破了，她只好躺下。很快阵痛袭来，他们便去了医院。接下来的二十四个小时，她成了一只脏兮兮的动物，喘息、哭泣、狂叫无数次之后，用老话说，就是终于从体内取出了一磅肉，红通通、皱巴巴、滑溜溜的肉。即使把他们两人关在脏兮兮的栏圈里咕哝也没什么，此时他们跟动物别无二致。生出来的那个小东西，手脚虚弱地比画着，看上去半人猿半外星人的，但没什么比这个更强烈、更能激起亨利的人性了。他一刻不停地盯着小东西。我的儿子，我的儿子西奥，亨利目瞪口呆，心里这么想道。

尽管如此，在伊拉兹马斯和门德尔松相继离世、《智者纳旦》搬上舞台和西奥的降生之间，亨利一直都想着标本师和他的剧本。他对创作瓶颈的抗争鼓舞了亨利。即便作为作家，他们的情形不太一样，没有什么可比度，但他也同样是个在铁匠铺里抗争的赫菲斯托斯[1]。

而且，亨利之所以想到标本师，还有另一个原因：一天晚上，他对整部剧真正主题的怀疑得到了证实。

---

1 赫菲斯托斯：希腊神话中的火神，手艺高超绝伦的铁匠之神。

事情发生在那天半夜。这天晚上，亨利被西奥的哭声吵醒过很多次，现在这已经是他们家新的惯例了。毫无疑问，过去几周的大悲大喜加上重重压力所带来的混乱是罪魁祸首。无论心理学会做何解释，反正亨利那晚睡得极不安稳。他的脑海中突然冒出了一个名字。这名字来势凶猛，惊扰了他的睡梦。他醒了过来，忽地坐起身，脱口喊出："伊曼纽尔·林格尔布鲁姆！"

他跌跌撞撞走到电脑跟前，在疲惫与恍惚中浏览他之前翻转书中的散文部分。他找到了关于林格尔布鲁姆的脚注，却没有地址。他又在电脑上翻了翻自己的研究文档，那里也有很多关于林格尔布鲁姆的详情，但还是没有地址。最后他在互联网上找到了，其实，他本就应该首先上网查的。互联网还真是张网啊，可以撒得很远很远，远到眼睛都看不见的地方，而且不管捕获物有多重，都可以收回来，那神奇的网眼从来不会因为压力而断开，永远都会带着令人惊奇的货物回来。他在搜索引擎中输入了"诺沃利普基大街68号"，就这样，0.4秒之后，就看到了他要的答案。

第二天，亨利回到了獾狐狓标本店。他胡子拉碴、衣衫不整、筋疲力尽，一副流浪汉的模样。他把自己手头上现有的标本师的剧本全都带了过来，其实也没多少，就只有关于梨的那一幕，亨利写的描述维吉尔号叫的那一幕，还有标本师送到剧院的关于红色的苦难之布和虚假好心情的那幕。亨利也不知道他为什么把这些东西一起拿了过去。也许在他心里，他想把一切都摆在桌面上，重新来过呢。

快走到标本店时，亨利想到了标本师的便条：

我的故事没有故事。

它基于谋杀的事实。

谋杀了谁呢？

那只獾伽狓一如既往地令他既惊讶又开心。亨利推开店门，听到了熟悉的铃声。神奇的动物世界展现在他眼前。亨利想到伊拉兹马斯和门德尔松，喉咙一紧，眼睛里噙满了泪水。他意识到自己从没想过要把他们做成标本。他就是最后看了他们一眼，给了他们一个拥抱，然后就接受了他们身体的消失不见。

跟往常一样，标本师很快就出现了。他一动不动，死死地盯着亨利看，然后一句话没说，就进到工作室消失不见了。亨利盯着标本师刚才站的地方，不敢相信自己的眼睛。他们不过就是认识而已。没错，他们是讨论过标本师的创作努力，而且讨论得也还算深入——但难道这就意味着礼貌的基本规则都要弃之不用了吗？说不定在标本师看来，既然亨利连他的剧本这么私密的东西都看过了，那也算是自家人了。我们对最亲近的人不都是不拘小节、粗暴无礼吗？亨利选择这样来理解标本师的行为。尽管很累，初为人父的亨利还是人逢喜事精神爽，而且刚刚想到伊拉兹马斯和门德尔松也缓和了一下他的情绪。亨利无意制造摩擦。他深吸一口气，走进了工作室。

标本师坐在桌子旁，看着他那一堆乱七八糟的纸。亨利跟往常一样，坐在了长凳上。

“你真名到底是什么？你还有什么瞒着我？”标本师粗声问道，眼皮都没抬一下。

“我叫亨利·L.霍特。我是用笔名写作的。不好意思有段日子没来见你了，我前段时间很忙，我当爸爸了。还有伊拉兹马斯，我的小狗，你还记得吧？我们不得不对他实施安乐死。”亨利说这话的时候声音很轻柔。

亨利心想，真是奇怪啊。我竟然因为我儿子的出世和我家小狗的离世道歉。标本师没有回应。亨利在想他到底是生气了呢还是觉得受到伤害了？他也说不清楚。不过亨利知道，不管是生气还是受伤，他都没资格。亨利不需要向他解释什么。但作为一个艺术家，他是幸运的，而标本师却不是。标本师的剧本弄来弄去就是弄不好，而他却能靠自己的小说过日子，又初为人父，生活幸福。跟一个倒霉的老头置气，他能有什么好处？

亨利接着问道："你的恐怖们针线包里，有一条叫作'诺沃利普基大街68号'。这个地方在哪里？"

"这是一个虚构的地方，关于恐怖们的所有点点滴滴全都陈列于此、保存于此，包括所有回忆录、历史叙述、照片、电影、诗歌和小说，所有一切。这些在诺沃利普基大街68号全都能找到。"

"那这个地方在哪儿呢？"

"它存在于每个人心灵的角落里，每个城市的匾额上。这是个象征，是碧翠丝的主意。"

"为什么用诺沃利普基这个奇怪的词呢？"

"碧翠丝觉得自己要哭了，她心想：'现在，哦，嘴唇啊，不要再颤抖了。''诺—沃—利普—基'，然后她把这句话简化就变成这样了。[1]"

"那在诺—沃—利普—基大街上，为什么要选68号呢？"

---

1 "现在，哦，嘴唇啊，不要再颤抖了"原文为Now, oh lip, keep from trembling，取谐音缩短为诺沃利普基（Nowolipki）。

“没原因。只是我随便选的一个数字而已。”

标本师没说实话。诺沃利普基大街过去是——现在依然是——华沙的一条大街。第二次世界大战后，在诺沃利普基大街68号曾发现大量档案材料，足足装了十个金属箱和两个牛奶罐。资料种类各异，包括研究材料、证词、图表、照片、绘画、水彩画以及地下新闻剪报，还有官方文件，比如法令、海报、食物配给卡、身份证明等。后来证明，这些浩瀚的文史材料以编年史的形式记录了华沙犹太人区从1940到1943年的生活细节以及死刑计划的方方面面，直到1943年犹太人区起义爆发并不复存在。这里所收藏的材料都是由历史学家、经济学家、医生、科学家、拉比、社工还有其他许多人提供的，他们的领导人物便是历史学家伊曼纽尔·林格尔布鲁姆。该组织的代号为Oneg shabbat，在希伯来语中是“安息日之欢”的意思，因为他们通常在周六聚会。组织的大部分成员不是死于犹太人区，就是死于犹太人区被毁后的余波。

就是因为想到了这个地址和那些孤注一掷的时间胶囊，亨利才确定标本师到底在干吗。证据毋庸置疑：他试图通过大屠杀来讲述灭绝动物的故事。这些万劫不复的生物，它们无法为自己立言，在这里，它们被赋予了一个最最口齿伶俐的民族的声音，而这个民族本身也遭遇了类似万劫不复的命运。他把大屠杀视为寓言，透过犹太人的悲剧命运，看到了动物们的悲剧命运。所以，维吉尔和碧翠丝才总是饥肠辘辘、担惊受怕，所以他们才没法儿决定该去向何方、该怎么办。亨利又想到标本师给他看的那幅恐怖们手势图，现在想来，吸引亨利注意的其实不是维吉尔手指在胸前的动作，而是他手臂最初的位置：那样子很像纳粹礼，难道不是吗？

命运把亨利跟一位作家——唉，一位挣扎中的作家——联系在了一起，而这位作家所做的，正是三年前亨利在其被拒作品中力主的事情：以不同的方式表现大屠杀。

“你何不再给我读一段你的剧本呢？我们就以这种方式开始。”亨利说。

标本师点了点头，一句话也没说。他找到一沓纸，清了清喉咙，用他沉稳的嗓音开始朗读：

碧翠丝：我之前从来没跟你讲过我的事，是吧？

维吉尔：什么事？什么时候的事？

碧翠丝：他们逮捕我的时候。

维吉尔：（心神不安）没，你没说过。我从来没问过。

碧翠丝：你想听听吗？

维吉尔：你要想说我就听。

碧翠丝：我至少得跟一个人说说，这样这段经历就不至于从来都没用文字表现出来，就消失不见了。除了你，我还能跟谁说呢？

（停顿。）

碧翠丝：我记得第一次被扇巴掌，就在我被带进去的时候。早在那会儿有些东西就已经永远失去了，那就是基本的信任。这就像有个人在观赏精致的梅森瓷器[1]，然后故意把一个茶杯扔到地上摔得粉碎，这时候，他没理由不把其他瓷器也都摔烂呀。一旦他弄清楚了自己根本不把瓷器当回事，茶杯还是碗盖又有什么区别呢？那第一个巴掌之后，我就觉得自己心里仿若瓷器的什么也被打碎了。很重的一掌，粗暴却又随意，而且毫无理由，当时，我都还没来得及表明身份呢。他们既然都这么做了，干吗不再做得过分一点呢？确实啊，他们怎么能控制自己呢？一巴掌只是一个点，是无意义的。他们要的是一条线，各个点连通，这样才有意义和方向。有第一次就有第二次，有第二次就有第三次，持续不断。

他们押着我走在一条走廊上。我想他们要带我去牢房。通向牢房的门几乎都关着，只有一扇门开着，地板上投

1 梅森瓷器：德国著名瓷器品牌，有西方第一名瓷的美誉。

下一片梯形光亮。“到了。”我旁边的一个年轻人随口说了一句，就好像我们是在等公共汽车似的。他个子很高，瘦骨嶙峋，那会儿他的夹克已经脱了，袖子也挽了起来。跟他一起的还有另外两个人，他们都听命于他。我被带到一个摆设很简单的房间，光线很强，屋子正中间放了个装满水的大浴缸。他们二话没说就立马把我推进浴缸，让我跪在里面，身体跟浴缸边缘成直角，还把我的头强按在水中保持不动。不过要想按住我也没那么容易。我的脖子很有力，他们三个人得全部上阵才能把我按下去，而且我还不停地用肩膀撞他们。

他们想了个办法：他们让我站起来，把我的前腿和后腿分别绑起来，带到浴缸旁边，然后把我推了进去。我仰面躺下，溅起一阵水花，四肢在空中乱蹬，头还撞到了浴缸边缘。他们又给浴缸里加了水，水冰凉冰凉的，但很快我就顾不得这个了。我依旧挣扎，但他们显然轻松了许多。一个人按着我的后腿，一个人按着我的前腿，剩下的那个则把我的头按回到水中。站着被淹是一回事，至少四肢切切实实踩在地上，头朝下好像在喝水。这就单纯是被淹，很恐怖，但至少尊重你的重力感，而且也符合你头部的习惯位置，你还能稍微控制在水中的呼吸。但叫你仰面躺着，一只手掌按着你的下颌，把你的脑袋强往水里按就是另外一回事了。水会立即向你的鼻子袭来，瞬间你就感觉到自己溺水了。你还会觉得脖子疼得要命，因为你正拼命地想把脑袋往前倾斜。每次试着吞咽，就好像有小刀在刺穿喉咙。那样的恐慌与惊骇，我之前从未体验过。

每次他们允许我把头伸出来，我都不停地咳嗽。但还没等我好好吸上一口气，他们就又把我按到了水里。我越是挣扎，他们就按得越用力。很快我就吸入了水，感觉身体突然松弛了下来。**这就是死亡**，我想。就在那一刻，他们极富技巧地停了下来。他们把我拽了出来，扔在地板上。我躺在那儿，又是咳嗽，又是吐水的。我以为苦难总算熬过去了。

其实才刚刚开始呢。他们把我前腿解开，又是扇巴掌又是拳打脚踢的，拽着我的尾巴把我拉起来，而我的后腿还是被绑在一起。他们拽着我的鬃毛，把我带到隔壁房间。我尽可能跳着走。我被带到一个类似马槽的地方，胸前套了一副马具，身体前部整个被托了起来。我前脚站的地方，是一块木板，非常粗糙，颜色也已褪去。一个男人用胳膊卡住我的脑袋，另一个则从后面踢我的左膝，还把我的脚举到空中，就好像他是个铁匠，正要检查我的蹄子似的，但他就只是把我的脚举到空中。接着那个年轻男人跪到我的右腿边上，迅速把一枚长钉子钉进了我踩在地板上的那只脚里。他从蹄子边缘开始，一直深入，把我的脚钉到了木头地板上，整个过程迅速稳当，高度角度都拿捏得恰到好处。我现在仍然记得锤头举起落下，那个男人的胳膊和他的头顶，还有他发旋处的圈圈旋涡。锤头每次发出砰的一声，一阵战栗便传遍我全身，脚边一摊血迹扩散开来。然后他们放开我，走到我身后看不见处，接着他们又抓住了我的尾巴。被六只来者不善的手那样抓着，我浑身发抖。他们开始用尽全力拉我的尾巴，开始了一场尾巴和蹄子间的拔河游戏。

我又叫又跳，还想踢腿，但我一条前腿被钉在地板上，后腿被绑在一起，很容易就被钳制住了，我只有一条前腿可以自由活动。他们不停地拉呀拉。在那痛苦不堪的几秒钟里，我不再惧怕死亡，而是觉得没有什么东西比死亡更让我期盼的了。我想像老鼠那样仓皇逃入黑暗之中，一了百了。我失去了知觉。

谈论这些对我来说真的很不容易。很疼很痛苦——就这样，要说也好像真的就只是这样而已。但是要你切身感受就是另一回事了！一根火柴的微光都会让我们畏缩，而我却处在烈焰之中。而且我的痛苦到这儿还没完呢。我醒来时发现我的蹄子已经不行了，完全被扯烂了。我以为不会有更痛苦的事了，毫无疑问，经受了前面那些之后，应该不会有比那更痛苦的了。但还真就有啊。他们把我的脑袋扭过去，往我的右耳里面灌滚烫的沸水，还强行把一块冷铁条插入我的直肠，把我的内脏冻得冰凉。他们不停地踢我的肚子和生殖器。就这样，在这整整几个小时中，他们隔一会儿抽根烟休息休息，而我则无助地躺在那儿，身上套着马具。有时候，他们会开着通往走廊的门，把我单独丢在那儿，有时候则站在我旁边干自己的事，就好像我根本不存在似的。我好多次失去了意识。

他们还老是凌辱我，但我倒不觉得他们是真的生气或是激动了。他们不过是在干自己的分内事而已。他们要是累了，就只是默默地干着活儿。

一切结束的时候，已经到了傍晚，我猜是五点钟左右吧。干了一天活，该回家了。他们卸掉马具，把我丢进了一间小牢房。我浑身疼痛，没吃没喝。独自被关了两天两夜之后，我被放了出去。他们打开牢门，让我站起身，把我带出去，然后将我抛在了大门外面，一句话也没说。那时候我不知道你在哪儿，你也不知道我在哪儿。我一瘸一拐地走到河边，瘫倒在一个僻静处，也就是你后来找到我的那个地方。

维吉尔：我在附近打听了一下，担心我的问题会让人家起疑心，又害怕自己也被抓进去，但我必须得找到你。最后，我去了你过去工作的地方，那家人已经把你赶走了，也不知道你的下落。我正要离开的时候，一个仆人出来告诉我，她听说有人说你被带到了某某警察局。于是我便去了那个警察局，小心打探了几句，并以那里为圆心开始找，桥洞底下、巷子深处、灌木丛后都找过了，直到后来碰到了你。

碧翠丝：你首先摸的是我的脖子。

维吉尔：嗯，我记得。

碧翠丝：那里。

维吉尔：那里。

碧翠丝：你那柔软、小巧的手。

维吉尔：你那柔软、温暖的脖子。

（他们开始抽泣。

碧翠丝睡着了。

沉默。）

剧本里的沉默延续到了剧本之外。标本师没再说什么，而亨利则惊愕得说不出话来。不光是因为对一头驴子的严刑拷打是如此煞费苦心、缜密周详，吸引他的是别的什么东西，是关于那个领头的施虐者的细节描写。碧翠丝描述说他

“个子很高，瘦骨嶙峋”。这第二个形容词可谓异乎寻常，所以有那么一会儿，亨利误解了这个词的意思。一个清晰、可怖的形象闪过他的脑海。然后他又想起了这个词的准确定义：枯瘦，没有肉感。亨利细想了一下那个形象。个子很高，瘦骨嶙峋。他瞥了一眼标本师，也许是个巧合呢。

“呃，这段还真让人不舒服。”亨利终于说道。

标本师没回应。

“剧本的人物介绍里，你提到了一个男孩和他的两个朋友。他们什么时候出场呢？”亨利问道。

“在剧本的最后。”

“你的动物寓言故事里突然闯入了人类。”

“没错。”就这两个字，标本师其他什么也没说，只是面无表情地看着前方。

“那个男孩怎么样了？”

标本师拿起几页纸。

“维吉尔刚刚念完他们针线包里的东西。你还记得那个针线包吧？”

“记得。”

他念道：

碧翠丝：开局不错。

维吉尔：应该是吧。

（沉默。）

维吉尔：恐怖们是一件脏衬衫，需要清洗一下。

碧翠丝：非常脏的一件衬衫。

（沉默。

一侧有响动。）

男　孩：（拨开灌木丛出现，手里拿着一把来复枪，看到维吉尔和碧翠丝大吃一惊）什么？

（他的两个朋友站在他后面。维吉尔和碧翠丝站起身来，紧贴着对方。

全都惊呆了。维吉尔的毛发都竖了起来，碧翠丝的耳朵则贴着头骨。他们吓得不敢动弹，还有就是饿得一点力气都没了。）

"他们认出了那个男孩，"标本师说道，"他们前一天晚上待的那个村庄发生了一些暴行，这个男孩是其中一个主要的始作俑者。"

"继续。"亨利说。

标本师念道：

男　孩：（起初的惊吓早已消失不见，微笑）等一下。（他晃了晃手指）我认得你们，之前见过。（他笑出声来。）你们跑到哪儿去了？你们怎么跑掉的？（他靠近一点，走路大摇大摆，相当神气。对着他朋友说。）我认识他们。（对着维吉尔和碧翠丝说。）我们要去那边，又有活儿了，你们懂我的意思吧。（他步履自然欢快，跟昨天一样，连微笑都跟昨天在村子里一样。他的两个朋友则开始玩把戏，故作轻松地绕着两只动物打转。）你们知道我是什么意思吧？

维吉尔：（对着碧翠丝，绝望状）碧翠丝，碧翠丝，你还记得吗？一只黑猫和网球课。我们躲到恐怖们里去吧，躲到很里面去。记住：绝境中展现虚假好心情。分秒必争啊。现在马上高兴起来。高兴起来。跟你在一起，我太高兴了，太高兴了。我们穿上瓷鞋跳舞吧。一切都会好起来的。我在微笑，在哈哈大笑。我很开心。我充满喜悦［sic！ sic！ sic！］（整个过程中，他的手都在胸前滑动，两个手指朝下，然后再放下重新来过，一遍又一遍——他在做恐怖们的第一个手势。）

男　孩：你这疯疯癫癫的死老猴子，在胡说八道些什么东西？

碧翠丝：（声音颤抖）是……是的！我也高……高兴。我非常高兴。

男　孩：很高兴听到你这么说。

（那男孩反转来复枪，用枪托朝维吉尔头上猛砸过去，身手很利落。维吉尔没料到这个，也无意躲避。一阵碎裂声。维吉尔惊叫一声，随即倒地。碧翠丝大叫着瘫倒在地。就这一击，维吉尔头骨的左侧就已经粉碎，前脑叶也受伤大出血。维吉尔拼命地想要抓住碧翠丝并保持清醒，但他很快就不行了。来复枪后来那几次撞击根本就是多余的，维吉尔的脸受到重创，下巴和左颧骨都被打坏了，几颗牙齿碎了，上下两排都有，右眼珠也爆裂了。右侧的几根肋骨，还有右股骨全都断了。一失去意识，死亡便接踵而来。

他们把碧翠丝按在地上踢，还用来复枪枪托打她。而碧翠丝则试图用蹄子触到维吉尔，而且大喊跟维吉尔在一起，她很高兴，非常高兴。她还说恐怖们是一件很脏的衬衫，需要清洗。她又找了一个词，一个她自己的词，一个长词，最后终于喊了出来：奥斯基！接着就陷入了疼痛和恐惧的空虚沉默之中。

他们放开她时，她伸开四肢，欲碰触维吉尔的身体。她中了三枪，一颗子弹卡在她的肩膀里，一颗穿胸而过，几乎触及心脏，最后一颗穿过左眼眶，卡在她的脑袋里，这直接导致了她的死亡。

男孩从她身边走过的时候注意到了碧翠丝背上的奇怪

标记。他用手摸了摸，立马激动起来，与其说是想瞧瞧倒不如说是想毁灭标记。

男孩拿出一把小刀，把维吉尔的尾巴割了下来。跟他的朋友一起离开时，他把尾巴扔在空中把玩，就好像甩鞭子一样。没走多远，他就随手把尾巴扔到了地上。）

标本师陷入了沉默。

“这是这部剧的结局吗？”亨利问道。

“这是结局。这之后，幕布就落下来了。”

标本师起身走到一个柜台旁边。过了一会儿，亨利也跟了过去。标本师正盯着几张整整齐齐平铺开来的纸页看。

“这是什么？”亨利问。

“我正在写的一个场景。”

“讲什么的呢？”

“古斯塔夫。”

“古斯塔夫是谁？”

“他是一具死尸，而且没穿衣服。他一直都躺在维吉尔和碧翠丝所在的那棵树旁。”

“一具人的尸体？又出现了一个人？”

“嗯。”

“就那么躺在露天？”

“不是，在灌木丛里。是维吉尔发现他的。”

“他们此前没闻到尸体的臭味吗？”

“有时候生命跟死亡一样臭烘烘的。他们没闻到。”

“他们怎么知道他叫古斯塔夫呢？”

“他们不知道。这名字是维吉尔给起的。”

“他怎么会没穿衣服呢？”

“他们猜想，他是被命令脱掉衣服，然后被杀了的。他们觉得那块大红布说不定是他的呢。他没准是个小贩。”

“都发现一具死尸了，他们为什么还要待在那里呢？正常反应难道不应该是逃走吗？”

“他们觉得这地方已经被扫荡过了，现在应该安全了。”

“那他们是怎么处理古斯塔夫的呢？把他埋了吗？”

“没有，他们玩游戏。”

“**游戏**？”

“嗯。这是他们发现的另一种谈论恐怖们的方式。在针线包里有。”

没错，亨利想起针线包里有一项：给古斯塔夫的游戏。

“旁边放了一具尸体，还能玩游戏，不是很奇怪吗？”亨利问。

“他们觉得古斯塔夫要是活着，应该会喜欢的。玩游戏是一种赞美生命的方式。”

“都是什么样的游戏？”

“这就是我要问你的问题。我觉得你也许能想出几个来。你看上去像是那种喜欢玩游戏的人。”

“怎样的游戏？捉迷藏那种吗？”

“我想要更加复杂一点的。”

“你提到了杀死碧翠丝和维吉尔的那个男孩带头实施的一些暴行。”

“嗯。”

“碧翠丝和维吉尔目睹了这些暴行？”

“嗯。”

“他们看见什么了？”

标本师什么也没说。亨利本想再重复一遍他的问题，但仔细考虑了一下便作罢了，又等了一会儿。过了好长时间，标本师才开了口。

“他们一开始什么也没看见，而只是听到了一些响动。当时他们站在村里水塘边的灌木丛中，正在喝水，突然听到了尖叫声。他们抬起头，看到两个年轻女人朝水塘跑了过来，她们穿着长裙和笨重的农家靴子，胸前紧紧抱了个包裹。

有几个男人在她们身后，他们并没有穷追不舍，倒是好像喜滋滋地看着这两个女人落荒而逃。那两个女人的脸上写满了恐惧和决断。有一个先跑到水塘边，接着第二个也赶到了。她们没有丝毫迟疑，径直跑进池塘里。等到水没到大腿的时候，她们把抱着的东西放了下来。

“直到那会儿，维吉尔和碧翠丝才看清她们包裹里面裹着的其实是襁褓中的婴儿。两个女人把孩子按在水下好一会儿，甚至后来水面上不再有泡泡冒出来时，她们还是没有犹豫，胳膊弯都没弯一下，而是继续往水塘深处走去，脚不断踩到裙子，身子差点失去重心而摔倒，但又重新站稳。几个男人则排成一排站在水塘边——肯定有十来个——不但见死不救，还一个劲地讪笑她们，怂恿她们前行。

“其中一个女人确定自己的孩子已经死了之后，在水下仍然紧紧地抱着他。这会儿黑洞洞的池水已经齐腰深了，她一头扎下去，立马就溺死了。她和她的孩子全都沉入池底，再也没有浮出水面。另一个女人也想效仿，却求死不成。甚至后来她的孩子很明显已经死了，她还是不断浮上来呼吸，又咳嗽又喷水。岸上那些男人看到这个情景，都大笑起来，扯着嗓门指点她怎么才能速死。虽说借了重力的作用，第一个女人死得干脆利落，第二个却费了点周折。有好几分钟，她站在水里直哆嗦，盯着水面，瞪着岸上的男人，试图再次自溺，整个过程中，丝毫没有作秀或与人沟通的意思，而只是带着那种决意自杀的人所特有的严肃表情。她的孩子已经死了，她也决意紧随其后。最后，她抬头看了一眼天空，把她湿漉漉的孩子从水里捞出来，紧紧抱在胸口，奋力向前，终于如愿以偿，了却了生命。水面上浮出一只手，一只泥泞的靴子乱蹬了几下，裙子飘过，激起点点水泡——然后就消失不见了。涟漪退去，水塘再次恢复平静。那些男人欢呼雀跃，随后离去。”

“这整个过程中碧翠丝和维吉尔做了些什么？”亨利低声问道。

“整个过程他们一动不动，也没发出一点声响，所以没人注意到他们。那些男人一散，他们就逃离了那个村庄。他们的脑子里不断闪过那些画面。碧翠丝能看见其中一个婴儿的脸，就是最先溺死的那个孩子。粉嘟嘟的小脸一闪而过，表情丰富，小手伸出来抓妈妈。而维吉尔则饱受另一张脸的折磨：那个男孩——他最多也就不过十六七岁，追两个女人的时候，他放慢脚步，朝她们的方向踢过去，扬起一阵土石，用来踢人的那条腿停在空中，只用另一只腿跳将着前行，然后再停下——一切都轻而易举，充满青春活力，还伴随着呼喊号叫。接着，他再度追赶她们。在水塘边，他是叫得最响亮也是最激动的一个。”

“他就是他们几天后碰到的那个男孩吧？”

“嗯，就像我刚刚读给你听的那样。”标本师答道。

“他们逃离村庄之后，才来到讨论梨的那个地方？”

“没错。”

接着又是沉默，标本师对付沉默可是游刃有余，不管是他个人还是其作品都是如此。不在沉默中爆发，就在沉默中死亡。

标本师先开了口。“我需要你帮我写游戏的部分，就是碧翠丝和维吉尔要玩的游戏。”

说的是**游戏**和**玩**没错——但声音极度抑郁，表情也极其阴暗。亨利感觉到脑袋里一阵剧痛。

“跟我说说你剧本里的那个男孩——杀了碧翠丝和维吉尔之后，他怎么样了？你的动物寓言里面包括这些吗？”

“没有。我坚持只关注动物。我不要那种需要弄个棋盘，再来个骰子的游戏。”

亨利想起了标本师寄给他的故事:《圣朱利安传奇》。亨利现在才明白标本师为什么会对福楼拜的这个故事那么感兴趣了：故事里朱利安虽然屠杀了大量无辜的动物，却丝毫没影响他得到救赎。故事宣扬了一种无须忏悔，同样可以得到救赎的观念。这对一个有着见不得人的过去的人来说，应该是蛮有吸引力的。

亨利意识到，街对面的杂货店老板说得没错：一个疯老头；萨拉，虽然只瞟了一眼，判断也没错：让人起鸡皮疙瘩；咖啡馆服务员的感觉也没错。为什么偏偏只有自己花了这么长时间才看出来呢？他还在这儿跟一个臭纳粹分子礼尚往来呢。一个老纳粹分子，居然标榜自己是无辜者的伟大捍卫者。把动物尸体拿来，然后将它们弄得光鲜亮丽。将不合理的谋杀打包藏好，结果怎样呢？没错，还真是标本制作啊。亨利现在明白了为什么陈列室里的动物全都一动不动：标本师在，它们都被吓到了。亨利打了个寒战。他想把自己的双手、灵魂全都清洗干净。他觉得自己被这个人玷污了，想要把他永远从自己身上洗掉。

亨利看了看标本师，说："我要走了。"

"等等。"标本师答道。

"干吗？"亨利不耐烦地问道。

"把剧本带上。"标本师把柜台上的纸收在一起，大概有七八张。"整个剧本你都拿走。"他走到桌子旁边，用他硕大的双手迅速把上面所有的纸全都收在一起。"读一下，然后告诉我你的想法。”

“我不要你的剧本。你留着吧。”亨利说道。

“为什么？这样会对我有所帮助的。”

“我不想帮你。”

“但是这个剧我写了很久了。”

“我才不在乎你写了多久呢。”

亨利看着房间对面的碧翠丝和维吉尔，一阵悲哀袭上心头。他再也见不到他们了。多么可爱的动物啊。

亨利转身面对标本师，因为他正把剧本往亨利上衣口袋里面塞。亨利把那些纸拽出来，扔到了柜台上。

“我跟你说过了，我不想要你那该死的剧本。这些也都给你。”

亨利掏出他带过来的那部分剧本，扔了出去。纸页在空中飘扬，落了一地。

“既然这样，那这个给你。”标本师平静地说道。

他随即转过身去，等他再次面对亨利时，手里多了一把短小的钝刀。他捅了亨利一刀。甚至在捅他的时候都不紧不慢的：看了看他，把刀子插进了他的身体，刚好在肋骨下面。过了许久亨利才明白究竟是怎么回事。这太难以置信了，一时间他都没觉得特别痛。标本师想再次刺他，出于本能，亨利用双手一挡，减轻了一些力道。

“什么？什么……？”亨利问道，嘴巴张得老大。

亨利感觉到他的衬衣湿乎乎的，手上全是血。突然间，恐惧和疼痛像电流一样掠过全身，嘴里发出一阵哀号。他抓住柜台以防自己摔倒，然后转身奔向工作室的门，腿上像灌了铅一样。他当时肯定是奔跑的，但自己感觉好像只是挪了挪步。心脏每跳一下，整个身体就颠簸一次，然后就有更多的血倾泻而出。他怕极了：标本师肯定会追上他，把他干掉。亨利的脑海里不断闪过“萨拉！西奥！”。

他到了门口。转身穿过门的时候，他瞟了一眼标本师。他在他后面走着，一脸冷漠，殷红的刀子仍然捏在手中。

亨利碰倒了那组老虎，自己也摔了下去。因为腹部剧痛，无法控制，他站起来的时候都没有慢慢来，而是一下子猛地站起来，就好像提线木偶似的。他竭尽全力快速跑到前门。门会不会是锁着的？他离门越近，就越觉得那扇门难以到达。会有一只手落在他的肩膀上的，或者更糟糕，标本师的刀刃会穿过他的后背。

亨利扭动门把手，门没有上锁。门缓慢而沉重地打开。他扑向店外，跌跌撞撞穿过人行横道，走到马路上。就在那时，一辆小车开了过来。亨利站在了车前。小车来了个急刹车，亨利倒在了它温暖的前盖上。直到那之前他还只是低声哼哼，这会儿他开始大声尖叫，马上就有血从鼻子里喷出，从嘴里咳出来了。车里出来两个女人，一看到他这副样子，也开始尖叫起来。杂货店老板冲了过来，其他人听到声响，也都聚拢过来。毫无疑问，亨利现在已经安全了。光天化日、众目睽睽之下不会有谋杀的，是吧？

就在周围拥挤的人群模糊了他的视线时，亨利回头看了一眼獾伽狓标本店，仍然担心标本师会过来追他。但他没出来。标本店门关着，标本师正透过门上的玻璃看着外面，非常平静，就好像在享受外面的明媚阳光似的。他们四目相对。标本师朝亨利微笑着，笑容很灿烂，绽满了整个脸庞。他的牙齿很漂亮，亨利几乎都认不出他来了。这难道是标本师在绝境中展现的虚假好心情吗？标本师随即转身进了店里，消失不见了，好像对自家门口的骚乱漠不关心。亨利瘫倒在地，淹没在体内的血海里。

救护车还没来，就看见獾伽狓标本店里有火光蹿了出来。消防队几乎无能为力。店里有那么多木头，那么多干燥的动物皮毛，再加上那些易燃化学品，很快便烧成了灰烬，整个过程很迅速也很彻底。一个咆哮的地狱。

标本师葬身在火海中。

对一个健康人来说，正常痊愈的骨头上最坚固处就是之前断裂的那个地方。亨利告诉自己，你并没有失去生命，你依然可以活上若干年。但他的生命品质却不同了。你一旦遭遇过暴力的伤害，某些“伙伴”便永远不会完全离你而去了：怀疑、恐惧、焦虑、绝望、沉闷。你再也没法儿发自内心地微笑，你曾经拥有的逍遥也失去了魅力。于亨利而言，这座城市已成为伤心之地。萨拉、西奥和他马上就要离开这里了。只不过，现在他们该去哪儿落脚呢？他们在哪里才能找到幸福？他在哪儿才能感到安全呢？

亨利后悔没有把碧翠丝和维吉尔救出来。他想念他们，想到心痛，多年之后仍然如此。那种痛苦，就跟要离开西奥（无论离开多久）时的感觉一样，一种对相守在一起的渴求。他责怪自己。碧翠丝和维吉尔，他们并不存在，其实并不存在。他们不过是剧本里面的两个角色，只是两只动物而已，而且还是死的。所以什么叫**救出他们**呢？他见到他们那会儿，他们就已经不在了。可现在情况就是：他特别想念他们。在他心里，还可看见他们站在标本师的店里，维吉尔那样，碧翠丝这样——他试图使心里的画面尽可能地清晰起来。但跟其他对面容的记忆一样，他们逐渐消退了。

现在，唯一剩下的就只有他们的故事了，一个关于等待、恐惧、希望和讲述的不完整的故事。一个爱的故事，亨利想道。没错，讲故事的是个疯老头，他的内心亨利从来没有读懂过，但它仍然是一个爱的故事。亨利多么希望他当时拿了标本师的剧本啊。这是他的另一大憾事。当时他被愤怒冲昏了头脑。不过，有些故事是注定要湮没的，最起码会部分湮没。

后来，亨利有几次看到吼猴的照片，几乎全都是在高大的热带树木上拍的，但是那些动物身上明显的野性，总是让亨利无法看到维吉尔的影子。不过，驴子又是另一回事了。有一次，在一场圣诞节耶稣诞生表演中，有真的动物参演。亨利靠近一头驴子时，它看着他，好像认出了他似的，晃了晃脑袋，扭了扭耳朵，轻声抽了抽鼻子。当然，它可能只是想要点好吃的。这个亨利心里也清楚，但他还是轻声叫了叫她的名字——“碧翠丝”——眼里噙满了泪水。那之后，每次看到驴子，他都会想到碧翠丝和维吉尔，都会感到一阵悲痛伤心。

遇刺事件之后，亨利想起并如实写下了发生在自己身上的事情。为了帮助自己回忆，他仔细研读了关于标本制作的资料。任何一点点信息，只要感觉有点熟悉的，他都记了下来。就这样，他把标本师念给他听的那篇文章全都重新组合了起来。在一本标本制作杂志上，他还发现了一篇关于标本师的文章，以及一些珍贵的图片。就是以这些图片为原型，他在脑海中重新构建了獾伽狓标本店。故事的核心部分，即标本师的剧本，是最难再现的：信仰的太阳是在慷慨之风吹拂之前升起，可是，是黑猫在前呢，还是那三个低声耳语的笑话在前？针线包里最缥缈的物质便是标本师从来没谈论过的那些东西，比如说那首歌，那道菜，少了一只袖子的衬衫，瓷鞋，还有游行花车。但亨利还是辛辛苦苦，一点一点重构了部分内容。

在医院输完血做完手术躺在床上休息的时候，护士给了亨利一张扯裂的纸，皱皱巴巴，还带着血迹。她说那是亨利的东西，他带来的。亨利认出了那是什么东西。被刺之后转身的时候，他肯定是一只手放在柜台上，无意中拿了一页标本师的剧本。然后在路上不知道什么时候，那张纸被撕掉一半，那一半就不知道丢在哪儿了。

文字透过血色手印显现出来，就像皮肤上的深色瘀伤。亨利读了读这段，这是整个剧本唯一的幸存部分，是关于碧翠丝和维吉尔在树边发现的那具尸体的：

维吉尔：**我们能做的都做了。新闻媒体也找了，游行抗**

议也参加了，票也投了。该做的都做了，我们干吗不开心一点呢？我们要是不开心了，不就是向他们低头了吗？

碧翠丝：**旁边有一具尸体，开心得起来吗？**

维吉尔：**我们给他起个名字吧。就叫他古斯塔夫。没错，就在古斯塔夫旁边，为了古斯塔夫，我们来玩游戏吧。**

碧翠丝：**古斯塔夫？**

维吉尔：**嗯，给古斯塔夫的游戏。**

一开始，亨利将他遇刺的故事命名为《一件20世纪的衬衫》，然后又改成《亨利和标本师》，最后决定用一个直捣主旨的名字：《标本师的魔幻剧本》（原书名为*Beatrice and Virgil*，直译为《碧翠丝与维吉尔》）。对亨利来说，这是一段纪实、一份回忆录。但在住院的时候，在开始写《标本师的魔幻剧本》之前，他又写了一篇小东西，他管它叫《给古斯塔夫的游戏》。这篇东西，篇幅过于短小，不能称为小说；情节过于松散，不能称为短篇故事；内容过于写实，不能称为诗歌。总之，不管它是什么，它是亨利多年来写的第一部虚构之作。

1号游戏

你十岁的儿子正在跟你讲话。
他说他有办法弄到一些土豆
给你挨饿的全家人吃。
如果被逮住了,他就会毙命。
你会让他去吗?

2号游戏

你是个理发师。

你在一个很多人的店里上班。

你给他们剃头理发，然后他们被带出去杀掉。

你剃剃剃、理理理，天天如此。来了一组新人。

你认出其中有你一个好朋友的妻子和妹妹。

她们也认出了你，眼里含着喜悦。

你们拥抱在一起。

她们问接下来会发生什么事。

你会怎么回答？

3号游戏

你牵着孙女的手。

经过长途劳顿,你们两个身体都不太好。

一路没吃饭,也没喝水。

你们被一个士兵带到了“医务室”。

那地方其实是个深坑,在那里,

用士兵的话说,人们通过“一粒药片获得痊愈”,

也就是,在后脑勺上挨上一枪。

坑里堆满一具具躯体,有些没死的还在动。

排在你们前面有六个人。

你孙女抬起头

问了你一个问题。

那个问题是什么?

4号游戏

一个荷枪实弹的警卫叫你唱歌。你就唱歌。

他叫你跳舞。你就跳舞。

他叫你假装自己是头猪。

你就假装自己是头猪。

他叫你舔他的靴子。你就舔他的靴子。

然后他叫你去“________”,

那是个外语单词,你听不懂。

你会做什么呢?

5号游戏

命令是用枪口指着你下达的：

你，你的家人，还有你身边所有的人

必须脱个精光。

跟你在一起的有你七十二岁的父亲，

六十八岁的母亲，

你的配偶，你的姐妹，一个表亲，

还有三个孩子，

分别十五岁，十二岁和八岁。

脱光衣服之后，

你会看向哪里？

6号游戏

你就要死了。

你旁边是一个陌生人。他转向你。

他用一种你听不懂的语言说话。

你会做什么？

7号游戏

你女儿显然已经死了。

你要是踩在她的头上,就可以站得高一点,

高处空气会好一些。

你会踩在你女儿的头上吗?

8号游戏

后来,一切都结束之时,你很抑郁。

你的抑郁吞噬一切,无所不在。

你想逃之夭夭。

你会怎么做?

9号游戏

后来,一切都结束之时,你见到了上帝。

你会对上帝说什么?

10号游戏

后来,一切都结束之时,你无意中听到一个笑话。

笑点一出,听众全都笑岔了气,

用手捂着嘴巴,

发出一阵狂笑。

那个笑话讲的是你的痛苦和失落。

你会做何反应?

11号游戏

你们社区的1650个人中，有122个幸存者。
你听说你的整个大家族的人全都死了，
你们家的房子也被陌生人占了，
你的财产都被偷了。
你还听说新政府想要
翻开新的一页，清理过去的错误。
你会回家吗？

12号游戏

一位医生正在跟你讲话：

“这一粒药会抹掉你的记忆。

你会忘掉所有的痛苦和失落。

但同时也会忘掉你的整个过去。”

你会吞下药片吗？

13号游戏

图书在版编目（CIP）数据
标本师的魔幻剧本 /（加）扬·马特尔（Yann Martel）著；郭国良，高淑贤译.—南京：译林出版社，2018.3
书名原文：Beatrice and Virgil
ISBN 978-7-5447-5250-3

I.①标… II.①扬… ②郭… ③高… III.①长篇小说－加拿大－现代 IV.①I711.45

中国版本图书馆 CIP 数据核字（2016）第 235095 号

著作权合同登记号　图字：10-2015-141 号

标本师的魔幻剧本　[加拿大] 扬·马特尔 / 著　郭国良　高淑贤 / 译

责任编辑　葛　琳　吕雅坤
装帧设计　胡　苨
校　　对　张　萍　蒋　燕
责任印制　颜　亮

原文出版　Penguin, 1990
出版发行　译林出版社
地　　址　南京市湖南路 1 号 A 楼
邮　　箱　yilin@yilin.com
网　　址　www.yilin.com
市场热线　025-86633278
排　　版　南京展望文化发展有限公司
印　　刷　南京爱德印刷有限公司
开　　本　880 毫米 ×1230 毫米　1/32
印　　张　7.125
插　　页　4
版　　次　2018 年3月第 1 版　2018 年3月第 1 次印刷
书　　号　ISBN 978-7-5447-5250-3
定　　价　48.00 元